여행하는 집,
밴라이프

여행하는 집, 밴라이프

김모아 글 허남훈 사진

집 없이 캠핑카에서 살기

아우름

CONTENT

차례

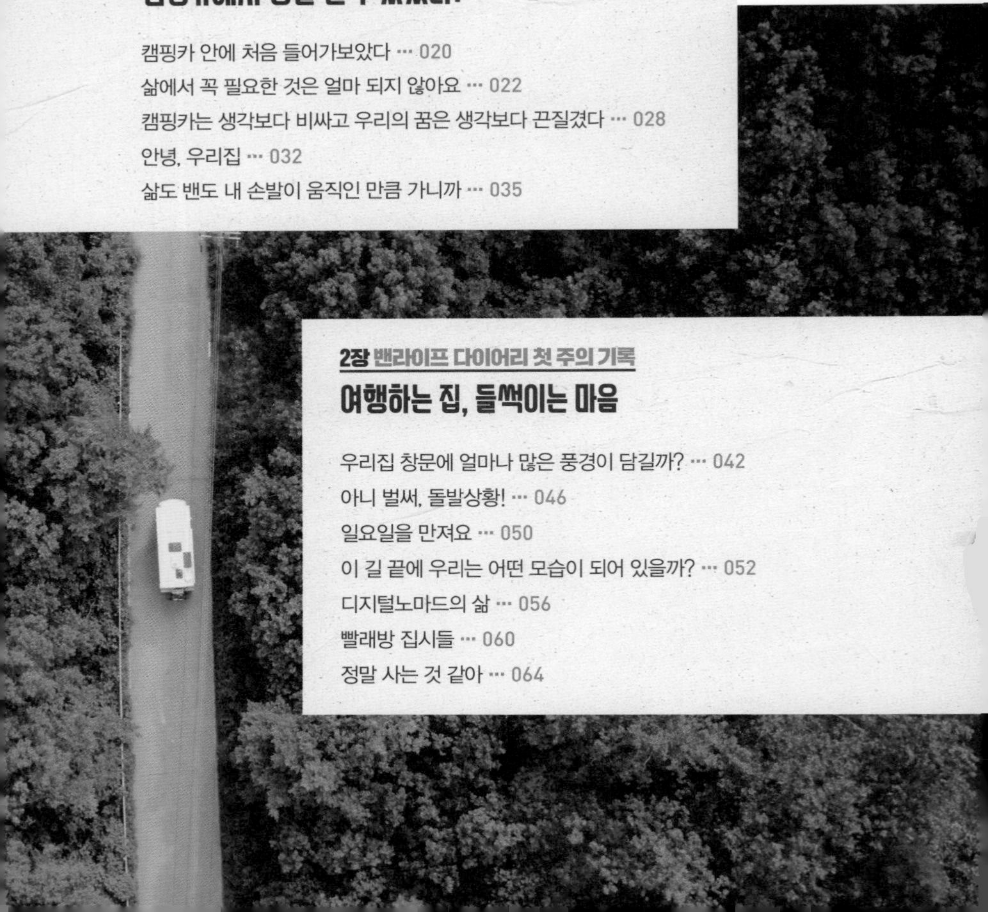

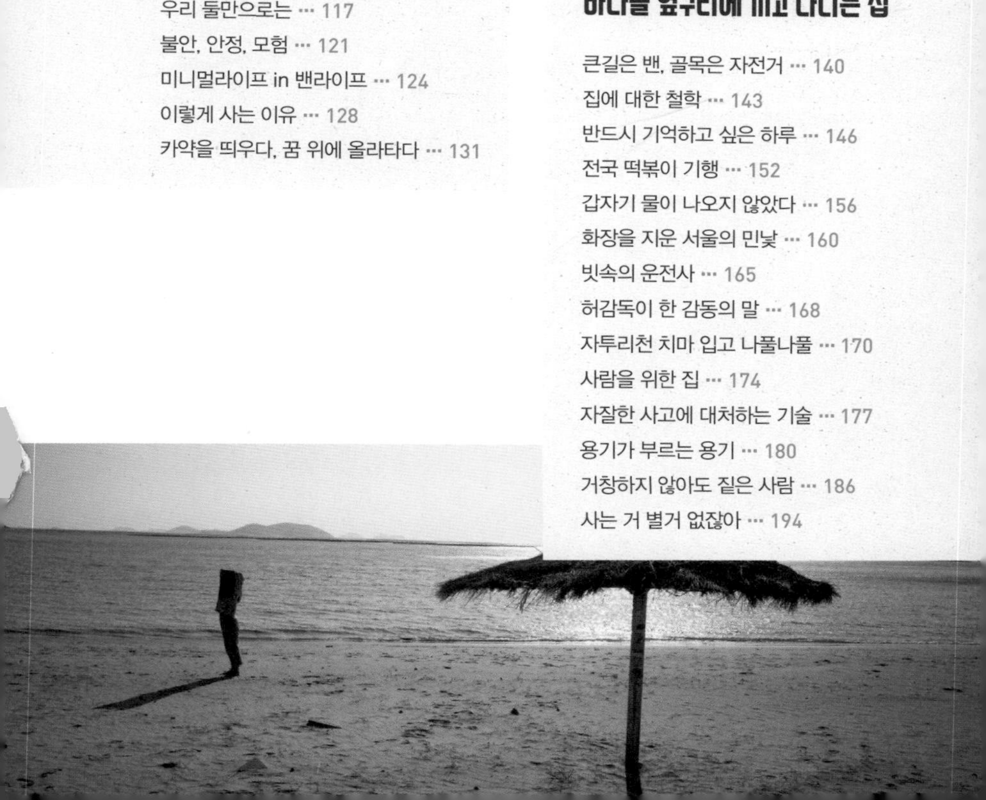

5장 가을

우리, 여행하는 갈대들

6장 겨울

서로의 체온을 느끼기에 좋은 집

7장 밴라이프에 대해 사람들이 궁금해하는 일곱 가지

불편함이 낭만이 되는 집

PROLOGUE

여행하듯 살아가고, 살듯이 여행한다

우리는 2017년 3월 17일부터 집을 없애고 밴, 흔히 말하는 캠핑카에서 살았다. 우리가 집을 버리고 캠핑카에 살겠다고 했을 때, 사람들은 이렇게 말했다.

"와, 부럽다. 나도 나중에 은퇴하면 캠핑카 타고 다니면서 실컷 여행하는 게 꿈인데……"

많은 사람들이 우리처럼 캠핑카 로망을 갖고 있었지만, 언제나 '은퇴 후 노년에'라는 단서를 붙였다. 사실 우리의 밴라이프도 남편 허남훈 감독의 버킷리스트에서 출발했다. '언젠가' '죽기 전에' 한 번쯤은 캠핑카 한 대를 빌려 우리가 사랑하는 여행을 원 없이 해보고 싶다는 꿈.

CHEILMOBILE

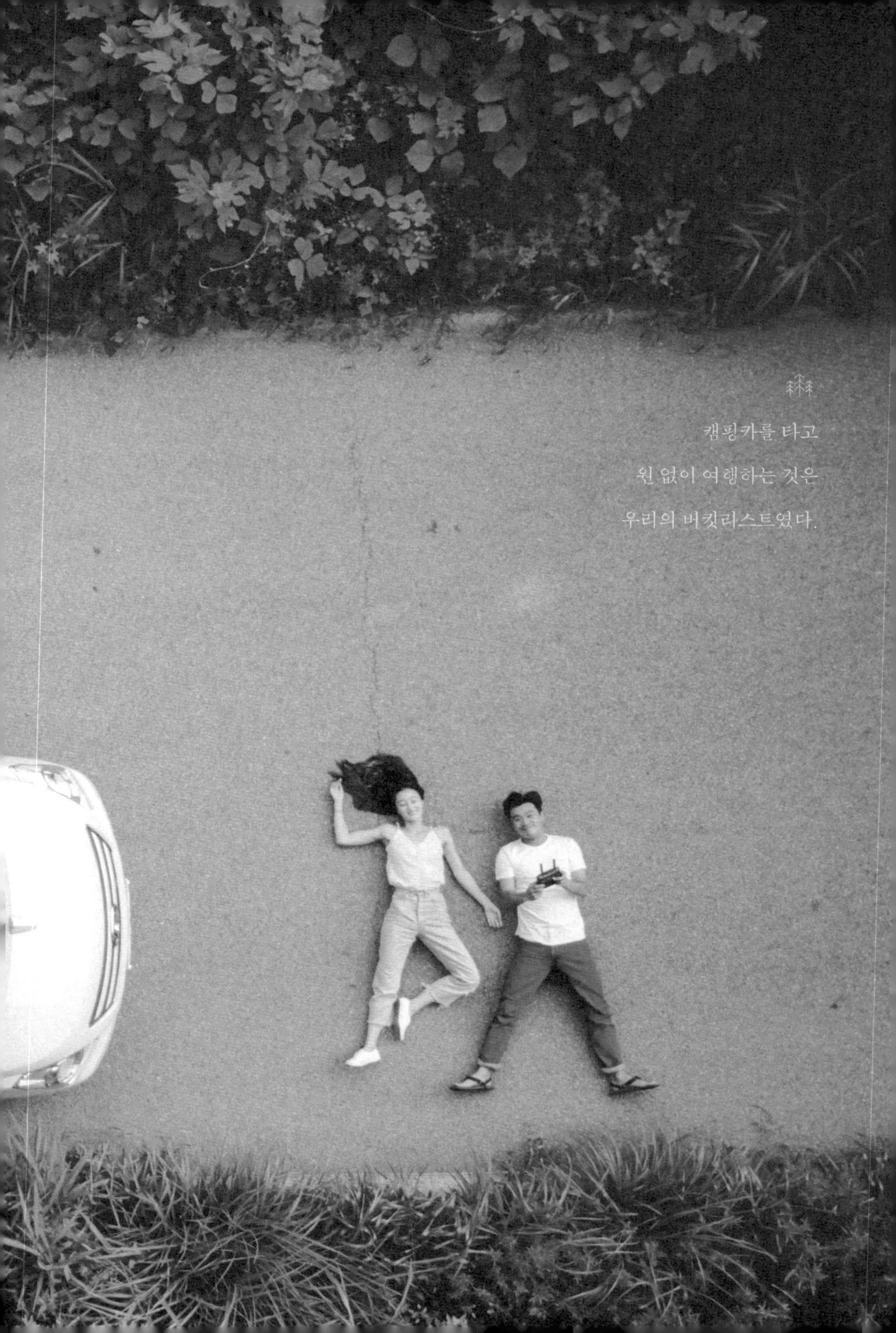

캠핑카를 타고

원 없이 여행하는 것은

우리의 버킷리스트였다.

어느 날 문득 이런 생각이 들었다.

'그때 가서 우리에게 밴라이프를 실천할 만한 힘이 남아 있지 않으면 어떡하지?'

'지금 못하는데 그때라고 할 수 있을까?'

'그때는 지금보다 더 많은 것들에 매여서 훌훌 털고 떠나지 못하고, 역시 젊을 때가 좋았어……라고 말하게 되진 않을까?'

그런 어른이 되고 싶지는 않았다. 젊은 시절에는 노후를 대비한답시고 젊음을 양보하고, 노인이 되어서는 젊은 날을 후회하거나 질투하며 그때가 좋았지, 혀를 차는 그런 인생은 살고 싶지 않았다.

우리는 '버킷리스트'의 정의를 새로 써보기로 했다. 버킷리스트란 죽기 전에 치러야 할 인생의 밀린 과제가 아니다. 인간은 누구나 언제 죽을지 모르니 간절히 하고 싶은 일은 지금 당장 실천해야 한다는 분명한 메시지였다. 우리는 허감독의 버킷리스트인 캠핑카로 여행하기, 밴라이프를 바로 실천하기로 결심했다.

최근 미국과 유럽의 인스타그램 유저들에게 뜨겁게 주목받고 있는 주제어가 있다. 해시태그 밴라이프 #vanlife. 집 없이 캠핑카 한 대를 생활공간으로 만들어 여행과 일상을 같이 해나가는 사람들의 이야기이다. 인스타그램에서 '밴라이프vanlife'를 검색하면 캠핑카에서 살아가는 사람들이 올린 250만 개가 넘는 사진과 후기들을 볼 수 있다. 단순히 캠핑카를 타고 짧은 여행을 즐기는 것이 아니라 캠핑카에 거주하고 생활하는 사람들의 이야기이다.

우리 밴의 구조

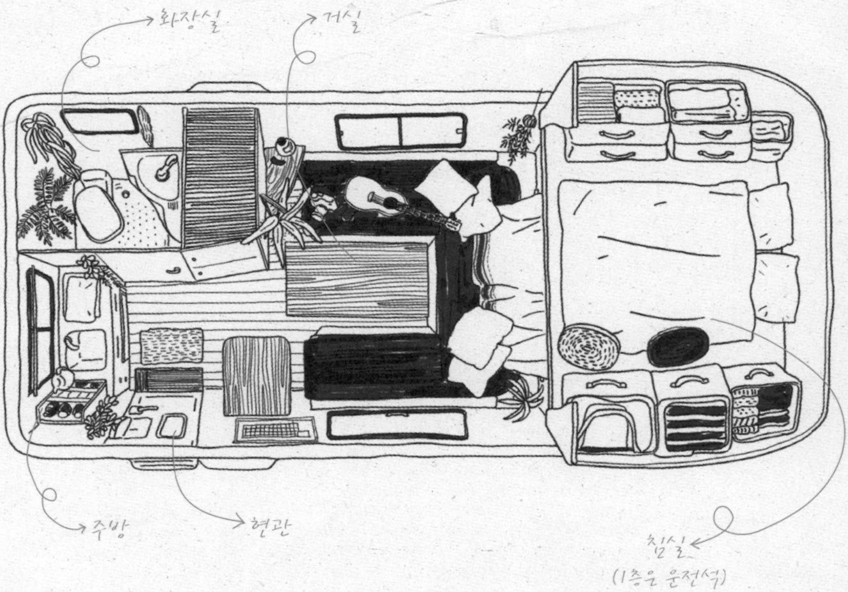

연애 시절부터 우리 커플은 여행을 좋아해서 열심히 떠돌아다녔다. 여행중의 감정과 영감과 발견이 소중해 '커플의 소리'라는 이름으로 노래와 영상을 만들고 책을 썼다. 그러나 여행은 언제나 일상과는 분리된 것이었다. 여행하기 위해서는 바쁘게 일하고 일상을 견뎌내야 했다. 여행중에는 그 일과 일상을 일시정지시켰다. 그러고는 여행 끝에 돌아와 짐을 부려놓을 때면 '아, 역시 집이 최고네!' 저도 모르게 내뱉었다.

그렇다면 우리는 떠나고 싶은 걸까, 머물고 싶은 걸까? 언제까지나 일과 일상은 현실이고 여행은 꿈이어야만 하는 걸까? 일과 여행과 생활의 이 공고한 경계를 와르르 허물어버릴 순 없을까?

밴라이프를 이어가는 동안, 우리는 밴에서 일하고 먹고 자고 여행했다.

여행하듯 살아가고, 살듯이 여행했다.

달리다가도 어디서든 밴을 세우면 그곳이 그날의 여행지가 되었다. 바닷가에서도 일상을 미뤄두는 것에 대한 걱정과 부담 없이 아름다운 풍경을 액자 삼아 노트북으로 부지런히 일했다. 일을 마치면 슬리퍼를 꿰고 나가 밤의 해변을 즐겼다. 밴 문을 열어젖히면 어디나 여행지였고, 그곳에서 다시 신발의 흙만 툭툭 털고 밴 안으로 들어서면 집이 되었다.

12년 연애를 하고 결혼식 없이 혼인신고만 하고 산 지 3년째다.

남들과 다르다는, 유별나다는 소리를 자주 들었다. 남과 다르기 위해 애쓴 것이 아니라 매 순간 원하는 것을 선택하고 보니 남과 다른 모습이 되어가고 있다.

간절히 원하는 것들을 지금 하면서 살고 싶었다. 오늘을 희생해 다가올 내일이 아무리 안락하다 할지라도, 지금 우리에게 고단하고 불행한 시간이 더 길다면, 우리는 그것을 차마 행복이라 할 수 없을 것 같았다.

밴라이프의 낭만과 경험,

좁은 공간에 부대끼고 살아가면서 느낀 모든 것들을

여기 담는다.

스스로의 선택에 따라 살기 위해서는 많은 준비와 각오, 용기가 필요하다. 움직이는 집에서 사는 동안 우리는 7만 5천여 장의 사진과 3테라바이트가 넘는 영상을 찍었고, 하루도 빼먹지 않고 '밴라이프 다이어리'를 썼다. 어떻게 살고 싶은지 어떤 집에 살고 싶은지 고민하며 용기 낸 밴라이프의 생활과 낭만, 아름다움으로 남은 경험을 이제 당신과 나누려 한다.

나만의 삶을 간절히 꿈꾸지만 지금 하고 싶은 일 앞에서 망설이고 있는 모든 이들에게, 일과 여행과 생활의 경계를 무너뜨리기 위해 떠돌아다닌 우리의 밴라이프 기록을 보낸다.

1장

준비

캠핑카에서 정말 살 수 있겠니?

캠핑카 안에 처음 들어가보았다

마 음 먹 기

이유는 선명했고, 방향은 분명했다.

어느 날 우리는 집이 아닌 캠핑카에서 살기로 마음먹었다.

2016년 여름 '파타고니아' 브랜드 필름을 촬영하면서 우리는 캠핑카를 처음 대면했다. 처음에는 마냥 신기했다. 그러다 캠핑카 안에 들어서고는 우리는 누가 먼저랄 것 없이 같은 생각을 했다. '이거 여행용이 아니라 주거용이잖아? 캠핑카에서 살 수 있겠는데?'

캠핑카에는 화장실과 부엌, 침실, 응접실이 옹기종기 사이좋게 자리잡고 있었다. 이 '움직이는 집'에는 기가 막히게도 살아가는 데 기본적으로 필요한 건 다 있었다. 여행 좋아하는 우리의 집으로 딱, 이라는 생각이 들었다.

우리가 같은 곳을 보고 같은 생각을 해서 참 다행이었다. 아마 혼자였다면, 집을 없애고 캠핑카를 집으로 삼는 이 무모한 시도를 곧장 실행하진 못했을 것이다.

그냥 가슴을 하나로 두고 몸만 둘이 쓰는 느낌. 우리는 참 닮아 있어서 같은 것에 열광했고, 그 열광의 뒤에 따라붙는 각자의 걱정이나 한숨마저 잘 감지해냈다. 그래서 한쪽이 멈칫할 때면 다른 한쪽이 어깨를 툭툭 치며 '그거 별거 아냐' 용기를 불어넣어주곤 했다.

'캠핑카에서 살아볼까?' 마음속 회오리가 지나간 다음날, 허감독이 내게 물었다.

"정말 캠핑카에서 살 수 있겠어?"

"당연하지! 허감독이야말로 살 수 있겠어?"

"물론! 우린 할 수 있어."

나보다 훨씬 더 용감한 상대를 보며 우리는 자잘한 걱정을 지우고 마음먹을 수 있게 되었다. 그래, 바로 그날이었다. '캠핑카에서 한번 살아보는 것도 괜찮을 것 같아'라는 애매한 태도가 '이런 삶도 가능해!'라는 굳은 확신으로 바뀐 날.

바로 다음날부터 작업방 벽에 큰 백지를 붙여놓고, 밴에서 살기 위한 '준비 리스트'를 매직펜으로 적어나가기 시작했다.

제일 위에 이렇게 썼다.

'커플의 소리 Vanlife in Korea'

그리고 준비해야 할 것들을 하나씩 실천하기 시작했다.

삶에서 꼭 필요한 것은 얼마 되지 않아요

덜기와 버리기

집안이 어지러우면 머리가 어지러웠다.

사람이 아니라 '물건이 사는 집'을 좋아하지 않아서 집에 물건을 많이 두지 않으려 했다. 한창 유행하는 미니멀라이프 때문이 아니었다. 정말 필요한 물건만 갖고 살고 싶었다. 그런 라이프스타일이 잘 맞았다. 평균이 어느 정도인지 정확히 알 수는 없지만, 우리집에 놀러온 지인들은 집에 가구가 거의 없어 너무 좋다고들 했다. 최근 2년 동안 입지 않은 옷은 사이즈가 비슷한 친구나 가족에게 곧바로 나눠주려 했고, 집에 들일 물품을 구입하기 전에는 정말 필요한지 여러 번 되물었다. 그럼에도 불구하고 캠핑카를 집 삼아 살겠다고 마음먹은 후 돌아본 집 곳곳에는 물건들이 참 많았다.

우리 둘의 기호와 취향이 담긴 소박한 소품들, 애지중지 키우는 반려식물들과 물꽂이로 개체를 늘려나간 허브, 아침마다 따먹은 채소들, 결혼 축하선물로 가족과 친구들이 준 묵직한 가전제품, 몇 년 동안 줄 치고 메모하며 읽은 책 등등……

덜어야 했다. 제일 먼저 짐을 덜어야 했다. 짐을 덜어야 집을 없앨 수 있고, 집을 없애야 밴에서 살 수 있으니까.

요리하기를 좋아하는 허감독은 주방 살림인 접시, 냄비, 컵 등을 한쪽에 밀어놓고 그 자리에 티타늄 코펠세트와 수저세트를 두었다. 그 자리에서 바로 캠핑용 압력밥솥을 주문했고, 코펠로 물을 끓여 커피를 내렸다. 캠핑용 잔에 커피를 채우고, 주방에 서서 간결한 회의를 열었다.

목표가 분명하니 회의는 순식간에 끝났다.

없애자!

집을!

비우자!

짐을!

주방 살림을 넣어둔 찬장을 열어젖혔다. 작업방에 모아둔 이면지를 들고 나와 그릇을 하나씩 싸기 시작했다.

적게 가지고 산다고 자부했던 입이 지퍼를 단 듯 조용해졌다.

왜 이렇게 그릇이 많지?

왜 이렇게 컵이 많지?

왜?

왜?

왜!

한 시간 넘게 시간을 들여 돌돌 싸맨 주방 살림들을 장바구니에 차곡차곡 넣었다.

며칠 후 허감독의 누나에게 모두 가져다드렸다.

이 계획에서 나의 가장 큰 고민은 책이었다. 내게 있는 가장 강한 물욕.

책장을 넘길 때마다 궁금해지는 다음 장과 점차 왼손 안에 더해지는 책의 두께감, 책을 완독하고 첫 장 아래 귀퉁이를 접어 날짜와 사인, 마지막으로 읽은 장소, 짧은 소감을 적는 쾌감으로 완성되는 오랜 시간 굳어진, 취향에 기댄 이 소유욕을 어찌하리오.

군데군데 줄을 치고 이런저런 메모들을 날려쓴 책을 중고서점에서 받아주지 않아 주위에 책을 좋아하는 사람들에게 나눠주었다. 남은 책은 때마침 헌책방을 시작한 친척오빠에게 모두 기증했다.

작업방이 텅 비었다.

2년 아닌 1년 동안 입지 않은 옷들도 한데 쌓았다.

'정말 자주 입고 꼭 필요한 옷만 밴으로 갖고 가자.'

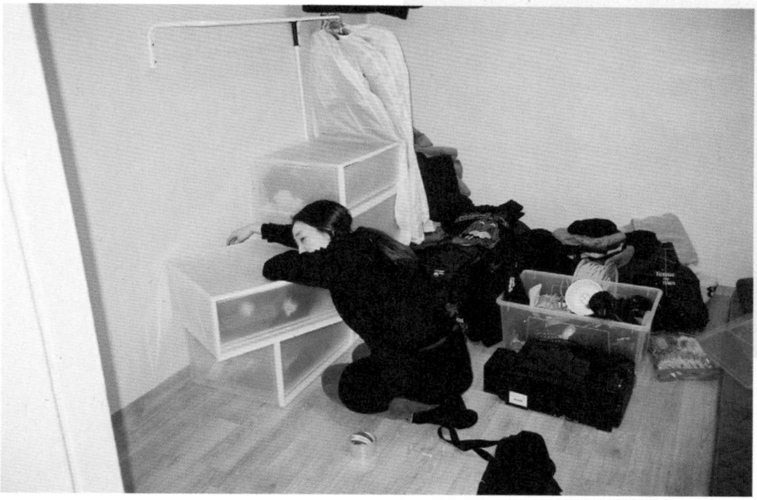

물건이 사는 집이 아니라

사람 사는 집이 되게 하자고 생각했는데,

아니었다.

왜 이렇게 짐이 많지?

왜? 왜? 왜!

오래되거나 낡은 옷들은 버렸고, 상태가 괜찮은 옷들은 주위에 나눠주었다.

침실에 있던 옷걸이가 텅 비었다.

베란다에서 키우던 바질은 다 따서 바질페스토를 만들어 친구들에게 나눠주었다. 조금이라도 시들거나 비실거리면 가슴이 찢어질 것처럼 애지중지했던 거실의 야자수와 고무나무는 가족에게 입양 보냈다. 거실에 있던 나무의자도.

베란다와 거실이 텅 비었다.

집이 텅텅 비었다.

거실 한편에는 소중한 이들로부터 받은 선물과 옷, 각종 장비를

밴라이프를 시작하기 몇 달 전부터
주방 식기나 그릇을 주변에 나눠주고
코펠로 밥을 해 먹었다.
우리는 무거워진 삶을
다이어트하는 중이었다.

보관하는 플라스틱 박스(버리거나 나눠줄 수 없는 물건 몇 가지)만 남았다. 머리를 굴려 한 가지 방법을 생각해냈다.

나눔과 버림에 이은 보관.

꼭 보관해야 하는 소중한 것들인가? 되묻고 방법을 생각해냈다. 서울 근교의 컨테이너 창고를 수소문했다. 밴라이프 시작 전날, 남은 물건을 창고에 가져다놓았다.

'덜기'를 완벽하게 마쳤다.

허감독은 이 과정을 다이어트라고 불렀다. 우리는 무거워진 삶을 다이어트했다!

구석구석에 붙어 있던 군더더기를 덜어냈다. 삶이 점점 건강해지고 있었다.

캠핑카는 생각보다 비싸고 우리의 꿈은 생각보다 간절했다

밴 구하기

그다음 가장 중요한 단계를 고민했다. '캠핑카는 어떻게 얻지?'

캠핑카를 구입하려 했지만 큰 불편함 없이 24시간 생활할 수 있을 만한 밴의 가격은 덥석 낸 용기보다 한참이나 높았다. 부담스러웠다. 대출을 받아야 하는 걸까 하는 생각에까지 이르렀을 때, 샤워를 하다가 번뜩 아이디어가 떠올랐다.

'우리는 멋진 영상을 만들 수 있잖아! 우리가 홍보안과 영상을 제공하고 업체에서 밴을 협찬받는 건 어떨까?'

좋다! 밴을 협찬받고 대여한다면, 우리가 원하는 만큼 살 수 없을지도 모르지만, 그리고 또다른 제약이 따를지도 모르지만, 일단 부딪쳐보기로 했다. 안 될지 모른다고 맥없이 포기하는 것보다는 일단 부딪쳐보는 것이 낫다. 포털사이트 검색창에 '캠핑카 제작'과 '캠핑카 업체'를 검색해 관련 기사들을 하나하나 찾아 읽었다. 그러던 중 우리의 고민을 이해해주실 것 같은 분을 찾아냈다.

국내 최고의 캠핑카 제조업체였다. 대표님은 캠핑을 사랑하여 결국엔 취미가 일이 된 분이었다. 생판 알지도 못하는 두 젊은이가 "우리에게 캠핑카를 빌려주시면 거기 살면서 아름다운 영상을 만들어드릴게요!"라고 한다면 이분은 과연 어떤 반응을 보일까? "니들이 뭔데? 이거 정신 나간 것들 아니야?" 화를 낸다면 어떡하지? 아니 그런 격앙된 리액션이 온다면 차라리 나을지도 모른다. 소통할 기회가 있다는 뜻이니까. 우리의 간절한 편지가 아무런 피드백도 없이 가벼운 코웃음과 함께 휴지통으로 날아갈 수도 있다는 생각에, 맨땅에 헤딩하는 심정으로 편지를 써내려갔다.

'제일모빌에 보내는 편지.'

우리가 누구인지, 무슨 일을 하고 어떤 꿈을 꾸는지 과거와 현재와 비전을 담은 절실한 '자기소개서', 아니 '커플 소개서'를 썼다. 하지만 편지를 바로 보내진 못했다. 5일 정도의 고민과 퇴고 끝에 그즈음 모 인터뷰 기사에 나온 우리 사진을 대문짝만하게 편지 도입부에 넣었다. 인연은 8초 만에 첫인상으로 결정된다고들 하니까 우리 나름의 전략을 세운 것이다. 편지를 다시 한번 읽어보고 홈페이지에 나와 있는 메일주소로 발송했다. 심장이 터질 것만 같았다.

그날 밤, 이사 가는 꿈을 진하게 꾸었다. 길고 진하게.

다음날 일어나 오전 11시쯤 별다른 기대 없이 수신확인이나 해 볼 겸 메일을 열었는데 답장이 와 있었다.

"황당하지만 재밌는 제안이다. 차량 협찬을 해주겠다."

정확히 일주일 후 그분을 만났다.

서울에서 오전에 일을 마치고 업체가 있는 안성으로 달려갔다. 편지 한 장으로 전한 마음을 대면하여 다시금 설명하는 일은 기대 반 부담 반이었다. '우리한테 실망하시면 어쩌지?' '우리가 제대로 말을 잘 못하면 어떡해?'

사무실로 들어서니 메일을 받은 대표님이 있었고, 조금은 길게 서로의 소개를 주고받았다. 우리는 78일 동안 유럽에 다녀와서 독립출판으로 낸 첫 책을 선물해드렸다.

하루하루를 정말 열심히 살고 있는 분이었다. 손수 만든 캠핑카를 집 삼아 6개월 넘게 생활한 적도 있었고, 캠핑이 좋아서 시작한 일에 푹 빠지는 바람에 이젠 정작 캠핑할 시간이 부족하다며, 자신을 대신해 정말 열심히 여행하고 살아달라고 말씀하셨다. 그분도 우리나라 곳곳을 밴으로 여행하고 싶은 꿈이 있다고 하셨다. 그 자리에서 밴을 1년 동안 빌려주기로 결정하셨다.

1년이라는 시간을 정한 이유가 있었다. 끝이 있어야 더 소중하기 때문이다. 우리는 여행을 떠나면 하루, 한 시간, 일 분 일 초를 꼼꼼히 쓴다. 머지않아 끝나는 날이 오기 때문이다. 그러나 인생 전체로 보면 사람들은 함부로 시간을 흘려보낼 때가 꽤 많다. 생이 언제 끝날지 아직 모르는 일이라고 생각하며 자기 자신에게 너그러워지는 것이리라. 1년이라는 정해진 기간 동안, 우리는 매 순간을 오늘도 내일도 다시없을 마지막으로 여기며 소중히 보내기로 했다. 너무 짧다고도, 꽤 넉넉하다고도 생각하지 않기로 했다. 매일을 여행의 첫날인 것처럼 보내자고 다짐했다.

대표님은 밴을 빌려주는 것은 사실 우리가 오기 전에 이미 확정했다며 공장을 구경시켜주셨다. 무언가가 만들어지는 과정을 보길 좋아하는 허감독은 '찰리의 초콜릿 공장'을 둘러보듯 신났다. 대표님은 머리를 맞대어 우리의 밴라이프에 잘 맞는 캠핑카를 만들어보자고 제안했다. 구체적인 계획을 정리해 제작 일정도 맞춰보기로 했다.

진한 인사를 나누고 벅찬 가슴으로 집으로 돌아가는 길, 내가 말했다.

"몇 마디 말로 누군가에게 이해받는 이상한 일이 생겼어."

가장 큰 과제였던 밴을 구해서 행복했지만, 그보다도 우리의 바람을 타인에게 이해받아 더욱 행복한 날이었다.

안녕, 우리집

집 없애기

집을 내놓았다. 밴은 만들어지기 시작했고, 그곳에 살며 여행할 맘은 점점 더 단단해졌다.

부동산에 내놓은 우리집을 처음으로 보러 온 여자분이 있었다. 예비 신혼부부가 살 계획이라고 했다.

분주하게 집을 홍보하는 부동산 중개사 아저씨의 현란한 말재간에 이곳이 자신의 집이 될 수도 있겠다는 생각을 품고, 조심스러운 걸음으로 거실, 발코니, 침실, 작업방, 다용도실, 뒷베란다를 오가던 그녀의 모습이 잊히지 않는다. 이상하게 울컥했다.

완벽하게는 우리집이 아니었던 그 집(셋집이었다)에서 보낸 시간, 그 시간을 함께한 소중한 사람들, 웃음과 눈물이 머릿속에 스쳤다. 다음 세입자를 빨리 구해 가장 큰 짐이었던 집 없애기를 완료하고 훌훌 떠나고 싶었는데, 처음 우리집을 보러 온 그녀의 말에 마음이 흔들렸다.

"집을 참 아늑하고 깨끗하게 쓰셨네요. 너무 좋아요……"

너무 좋아 경쟁자가 많을 것 같다고 말하는 그녀의 마지막 표정이 나를 더 울컥하게 했다. 눈물을 참아내며 인사를 마치고 아직까지는 '우리집'인 그 공간을 천천히 둘러보았다. 물론 주차공간도 열악하고 내 나이보다 오래된 집이라 약간의 외풍도 있었다. 하지만 참 예뻤고 우리와 사이가 좋았다. 오랜 시간을 두고 친해진 친구와 작별하고 멀리 떠나버리는 듯한 이상한 기분이 들었다.

그 집은 금세 다른 세입자를 만났다. 우연히도 친구의 친구 커플이 집을 보러 왔고, 지금 그 집에는 그 커플이 살고 있다.

붙박이 집과 짐이 밉고 지긋지긋해서 떠나는 게 아니었다. 집의 온기와 여행의 설렘, 편안함과 두근거림의 거리를 바짝 좁혀 자주 오가고 싶어서 우리는 밴라이프를 시작한 것이었다.

삶도 밴도 내 손발이 움직인 만큼 가니까

운전면허 따기

밴라이프를 위한 필수조건인 1종 면허 따기에 돌입했다. 나와 허감독은 둘 다 2종 오토 면허를 가지고 있었다. 스타렉스 기반으로 만들어지는 밴을 운전하려면 1종 면허가 필요했다. 밴라이프 시작 전까지 두 달도 채 남지 않았던 터라 가슴이 조여왔다.

면허를 따지 못하면 밴에 살 수 없었다. 밴이, 집이 이사를 다닐 수 없었다. 운전면허학원에 등록했다.

하루 두 시간씩 받는 강습시간은 왜 그리도 짧은지, 가면 갈수록 클러치는 왜 그리도 말을 안 듣는지, 오르막에서 시동은 왜 자꾸 꺼지는지, 그리도 친절했던 강사님이 "아이고 허리야! 아! 왜? 거기서! 그렇게! 어?"라며 역정을 냈다. 그렇게 강습은 끝났고, 시험날이 닥쳤다.

시동이 세 번 꺼지면 곧장 실격이라는 유의사항을 듣고도 난 오르막도 아닌 평지에서 다리를 덜덜덜 떨면서 클러치를 밟는 바람에 한 번, 두 번, 세 번 시동을 꺼뜨렸다. 수험자 김모아 실격. 허감독은 만점으로 주행하다가 횡단보도 초록불을 보지 못하고 지나가 실격.

둘 다 실격을 당하고 재시험을 신청했다. 시험 당일에 강습 두 시간을 더 받기로 했다. 절망적이었다. 이 고비를 넘지 못하면 1년의 밴라이프를 시작조차 할 수 없다는 생각에 건빵 먹다가 목멘 사람처럼 시시각각 부담감에 짓눌렸다.

두번째 시험일이 되었다. 트럭에 앉아 시험 차례를 기다리는데 나보다 먼저 시험을 치르러 떠난 허감독의 트럭이 들어오고 있었다. 심장이 터질 것 같았다. 나도 모르게 두 손을 모으며 그의 트럭을 바라보았다. 학원 주차장에 트럭이 섰다. 그런데 뒤에 앉아 있던 원생들이 갑자기 박수를 치는 것이 아닌가? 합격이었다!

활짝 웃는 그의 모습에 나까지 웃음을 달고 주행을 시작했다. 결과는, 나 역시 합격이었다.

1종 면허를 따다니! 어찌나 긴장했는지 시험 전까지 내내 한끼도 먹지 못한 상태였다. 합격증을 받고 근처 맥도날드에서 빅맥세트를 시켜 우걱우걱 먹었다. 그렇게 좋아하는 햄버거인데 솔직히 무슨 맛이었는지 기억이 잘 나지 않는다.

우리의 머릿속엔 오직 이 생각뿐이었다.

밴라이프를 진짜로 시작할 수 있게 되었다.

9개월 전부터 하던 준비가 이제야 거의 끝난 것이다.

그리고

2017년 3월 17일,

드디어 우리의

밴라이프가

시작되었다.

2장
밴라이프 다이어리 첫 주의 기록

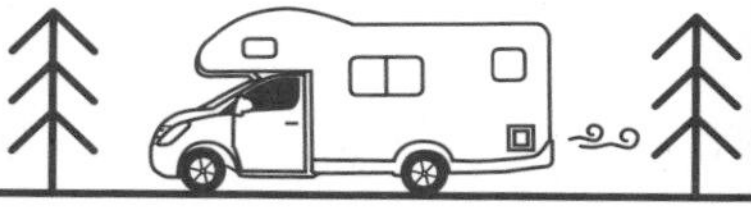

여행하는 집,
들썩이는 마음

우리집 창문에 얼마나 많은 풍경이 담길까?

내 집처럼 편안한 밴

완성된 밴을 가지러 안성으로 향했다.

물 채우는 법, 주방 인덕션 켜는 법, 바닥 보일러 켜는 법, 운전 시 주의사항(차체가 높기 때문에 도시 간판이나 굴다리 높이 등을 늘 체크해야 한다) 등을 듣고 기록해두었다.

완성된 밴의 내부를 둘러보며 마음을 다잡았다.

'잘살 수 있겠지? 답답해하지 않고, 전국을 떠돌며 일도 하고 여행도 할 수 있겠지?'

수만 가지 설렘이 뒤엉켜 가슴이 한껏 부풀었다. 열쇠를 건네받고, "잘살겠습니다, 고맙습니다!" 진심을 담은 인사를 드렸다.

허감독이 운전석에 앉았다. 밴에 실을 얼마의 짐을 옮겨넣기 위해 우선 서울 옛집으로 향했다.

첫 주행! 시동을 걸자 드디어 우리집이 움직이기 시작했다.

무사히 도착해 분주하게 짐을 옮기며 우리의 새집이 된 밴의 내부를 살폈다. 밴에는 제 나름의 현관과 주방, 화장실 겸 욕실, 거실, 침실이 있었다. 현관 옆 신발장에 몇 켤레의 신발을, 벙커 침대엔 원래 쓰던 베개와 이불을, 수납공간엔 옷가지들과 정말 아끼는 책 몇 권, 음악을 만들 기타를 실었다. 주방엔 코펠세트와 캠핑용 밥솥, 쌀을 챙겼고, 작은 냉장고엔 반찬들을 쟁여두었다. 화장실엔 욕실용품과 휴지를 넣었고, 거실엔 노트북과 하드, 카메라가방을 실었다.

오전부터 부지런히 움직였지만 짐을 다 넣고 어느 정도 정리를 마쳤을 땐 해질녘이었다. 주방 창문 너머로 변비 상태인 퇴근길 도로와 차들이 보였다.

밴이 우리집이 되고 처음 보는 뷰. 잠시 서서 그곳을 바라보았다.

'앞으로 얼마나 많은 풍경이 이 창문에 담길까?'

'우리가 1년 동안 잘해낼 수 있을까?'

'이 좁은 공간에서 24시간 부대끼면서 우리 둘이 잘 지낼 수 있을까?'

'정말…… 이곳에서 살 수 있을까?'

물론 걱정 1 설렘 9였지만, 새로운 시작 앞에선 언제나 많은 질문이 생기기 마련이다. 수많은 질문이 떠오르는 걸 보니 좋은 시작

네 개의 선이 둘러져 만든 네모난 창,

그곳에 담기는 바깥은 아무리 자주,

그리고 오래 보아도 '처음'이다.

임에 분명했다.

우리의 첫 여행지는 서울이었다.

물을 사러 나가는 길, 밤 10시에 늦은 저녁으로 쌀국수를 사 먹었다. 자축의 건배를 나눌 새도 없이 며칠 전 출장의 여독과 촬영의 여파, 피로가 더해져 일순간 최면에 걸린 듯 잠이 쏟아졌다.

처음 누워보는 운전석 위 벙커 침대가 왜 그리도 편했는지 모르겠다. 아무런 위화감도 불편함도 없었다. 아마도 늘 쓰던 이불과 베개 덕분일 거라고 허감독은 추측했다.

아니 벌써, 돌발상황!

불편함과 더불어 살기

처음으로 맞는 밴에서의 아침, 서울 한복판에서 새소리가 들린다. 멀찍이 들려오는 질주하는 차의 소음마저도 낭만이 되어 날아든다.

눈을 떴다. 머리 바로 위에 천장이 있었다. 허감독도 거의 동시에 눈을 떴다.

"생각보다 너무 잘 잤는데?"

매우 흡족한 얼굴로 침실에서 내려가 밴 문을 열었다. 허감독이 밴 입구에 쪼그려 앉았다. 이렇게 아담한 집에 이렇게 드넓은 마당, 그리고 그 경계에 앉아 있는 그의 모습에 피식 웃음이 났다.

토요일 오전이었다. 부지런한 아침형 사람들이 자신만의 속도로 자전거를 굴리고 있었다. 그들 뒤로 남산타워가 보였다. 우리도 바지런히 움직여야 할 일이 많았다.

거실에 있는 테이블 상판 목재를 고르러(원래 밴에 달려 있는 테이블 상판에는 컵홀더가 있는데, 작업할 때 좀더 넓게 쓰기 위해 컵홀더가 없는 상판이 필요했다) 을지로로 향했다. 하지만 밴에 꼭 맞는 것을 찾을 수가 없었다.

"그런 게 어딨지?"

"이케아!"

곧장 광명 이케아로 향했다. 미트볼 8개와 김치볶음밥으로 충전한 몸은 토요일답게 북적이는 인파 속에서 세 시간 만에 방전 상태에 이르렀고, 마지막 순간에 극적으로 맘에 드는 상판을 만났다. 광명 이케아에서 새로 뚫린 사당 쪽 길을 따라 서울로 돌아와 용산역 무인양품에 들러 정리와 수납을 위한 몇 가지 제품을 집어왔다. 수납통이 밴에 있는 수납함 사이즈에 거짓말처럼 딱 맞았다.

허감독은 밴으로 돌아오자마자 공구통을 열고 이곳저곳 손을 보았다. 나름대로 현관 기능을 하는 자리에 짚으로 된 매트도 깔고 테이블 상판도 달았다. 끝으로 ㄷ자로 된 거실 소파에 마주앉아 어젯밤 피로 누적으로 미뤄둔 와인을 따라 잔을 부딪쳤다.

한창 신이 나서 재미나게 이야기를 주고받는데 '삐우!' 바람 빠지는 소리가 났다.

전기 퓨즈가 나갔다!

허감독은 재빨리 머리를 굴렸고, 전기 퓨즈 옆에 있는 물펌프 퓨즈를 빼서 전기 퓨즈 자리에 꽂았다. 떠돌면서 일하는 디지털노마드로 살 우리에게 전기는 무엇보다 소중했다. 불안하게 깜빡이던 휴대폰과 노트북이 다시 충전되기 시작했다.

우리에게 밴은 단순히 여행도구가 아니다. 사는 공간이고, 쉬는 공간이고, 일하는 공간이 될 것이다.

오늘이면 얼추 끝날 줄 알았던 준비와 적응이 계속되는 기분이다. 하지만 이런 돌발상황이 전혀 불편하지도 짜증나지도 않다.

오늘의 불편함이 내일의 이야기가 되리라는 것을 나는 안다.

앞으로 이런 이야기로 매일을 살게 되리라는 것도.

불편함, 우린 언제나 널 환영해!

우리에게 밴은 단순히 여행도구가 아니다.

사는 공간이고, 쉬는 공간이고,

일하는 공간이다.

일요일을 만져요

덜 아프게, 더 건강하게

일요일 아침이었다. 상쾌하고 개운한 컨디션으로 주방 쪽 창문 덮개를 기분좋게 걷어올렸다.

이제 막 깨어난 봄, 일요일 한강 변에는 일찌감치 많은 사람들이 나와 있었다. 반려견과 함께 뛰노는 사람들, 열심히 자전거 바퀴를 굴리는 사람들, 아빠와 함께 연을 날리는 아이들, 텐트를 치고 간이 의자에 앉아 손수 싸온 도시락을 먹는 사람들 그리고 돗자리를 펴고 담요 속으로 얼굴을 파묻은 연인들까지…… 자신만의 일요일을 만끽하는 다양한 모습들이 창문 바깥에 모여 있었다. 중국발 미세먼지도 그들의 일요일을 막을 순 없었다.

문밖으로 나가 우리의 마당이자 공원인 밴 주변을 설렁설렁 걸었다. 그사이 허감독은 마침 우리 밴 옆에 주차한 모 화재에서 일하는 분에게 지난밤 우리가 한창 신났을 때 나가버린 전기 퓨즈를 여러 개 새것으로 얻어와 몸을 흔들며 자랑했다. 기특했다. 이렇게 밴에서의 생존 요령이 생기는 건가?

허감독은 사과 한 개, 나는 바나나 하나를 입에 물고, 봄날씨가 완연한 일요일 아침 속을 걸었다.

일요일.

대학교 때부터 쭉 프리랜서로 살다보니 내겐 각각의 요일이 갖는 특성과 밤낮의 구분이 모호해졌다. 그러나 밴에서 처음 맞는 일요일, 오늘만은 사람들이 말하는 진짜 일요일 같은 일요일을 만난 것 같았다. 늦은 점심을 사 먹고 '가짓수와 양은 좀 적더라도 가장 필요한 것을 사자'는 우리의 소비 성향에 맞춰 환경을 좀 덜 아프게 하고, 몸을 좀더 건강하게 해줄 샴푸와 비누를 구입했다.

이 길 끝에 우리는 어떤 모습이 되어 있을까?

D-361, 동대문 원단 시장

벌써 4일 차, 사는 것 자체가 여행이 되고 있다는 말을 주고받았다. 여행하는 것 자체가 삶이 되고 있다는 말도 뒤를 이었다.

그런데 우리에게 주어진 365일의 밴라이프 중 361일밖에 남지 않았다. 매일이 여행이라고 생각하니 하루가 가는 게 아깝고 애틋하다.

어젯밤 늦게까지 편집하다 뻗은 허감독보다 내가 더 일찍 잠들었고 늦게 일어났다. 얼른 일어나 주방 창문 덮개를 올렸다.

'오늘은 날이 많이 흐리네.'

매일의 날씨를 확인하는 버릇이 생겼다. 맑아도 흐려도 쌀쌀해도 비가 와도 포근해도 밴에서는 그 나름대로 운치가 있어 어떤 날씨든 우리에겐 '좋음'일 테지만.

저녁엔 밴을 이사시키기로 했다. 서울의 다른 각과 표정을 보고 싶었다. 그전에 동대문으로 향했다. 해결해야 할 중요한 일이 있었다. 바로 우리만의 거실 소파 커버를 만드는 것이었다. 본래 밴의 소파색보다 우리가 원하는 색으로 맞추는 게 어울릴 것 같았다. 집을 꾸미듯 밴을 꾸미는 것이다.

동대문 종합시장에서 재빨리 원단을 고르고, 원단 아저씨로부터 수예 아주머니를 소개받았다. 아주머니께 원하는 커버를 설명하고 두 손 모아 "잘 부탁드려요!" 인사를 드렸다.

일을 다 마치고 가까운 은행에 들어가 예전 집 보증금을 묶어둘 예금통장과 허감독과 나를 위한 첫 적금통장 두 개를 만들었다. 떠도는 생활을 하면서 미래를 위한 묵직한 계획을 세우는 게 흡사 '단짠'(단것과 짠 것을 동시에 먹기)의 쾌감이 들었다.

흔히 여행중에는 내일이 없는 사람처럼 흥청망청 돈을 쓰고, 일할 때는 아등바등 돈을 모은다. 우리는 밴라이프를 이어가면서 그런 생활방식도 무너뜨리고 싶었다. 잘 모으고 꼭 필요한 것을 고민하여 잘 쓰며 여행해보기로 했다. 살아보기로 했다. 밴 안에서 노트북이 후끈후끈해질 때까지 일하다가도 문득 밴의 창문을 열어젖히고 맛있는 와인 한잔쯤 기꺼이 우리 자신에게 선사할 수 있는 여유를 품으며 살기로 했다. 여행자이면서 생활자이기에 소비와 저축의 균형

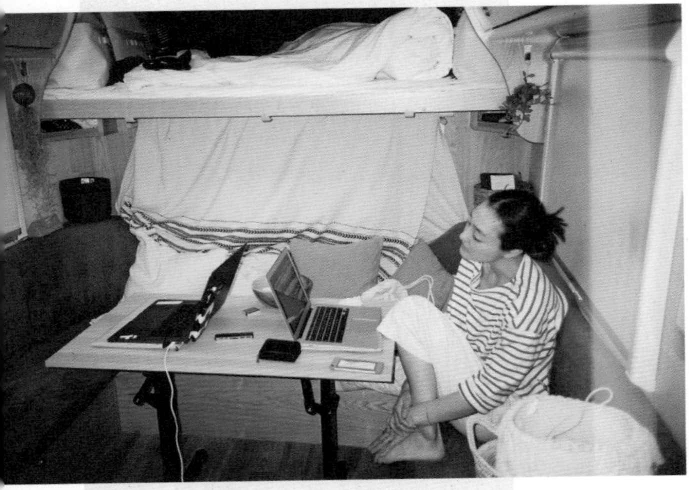

을 잘 잡는 일은 우리에게 중요한 미션이자 숙제가 될 것이었다.

잠시 숨을 돌리고 밴을 이사시켰다. 퇴근시간을 피했는데도 기껏해야 1km가 안 되는 거리인데 내비게이션상으로 800m가량 정체를 뜻하는 빨간 줄이 그어져 있었다. 엉금엉금 기어 겨우 도착한 한강공원의 다른 지구는 강변에 상점들이 없어 시야가 탁 트여 있었다.

벙커에 올라 끝날 듯 끝나지 않는 정리와 수납을 하고 있는데 허감독이 갑자기 환호성을 지른다. 유레카! 거실 소파 밑에서 숨어 있던 빈 공간을 발견했다. 거실 한쪽에 어정쩡하게 몸을 걸치고 있던 각종 음악 장비와 촬영 장비를 쏙쏙 집어넣었다.

저녁밥으로는 공원의 간이편의점에서 하얀 쌀밥에 카레를 먹었다. 카레에 김치 한 쪽씩을 척 걸쳐 먹을 뿐인데도 꿀맛이었다.

편집 작업을 하던 허감독이 오늘은 나보다 먼저 뻗었다. 벙커에서 규칙적으로 코 고는 소리가 난다. 조급해하지 말고 서두르지 말고 쉬어가자는 자장가 같았다.

디지털노마드의 삶

2인용 이동 사무실

어제 사다둔 크루아상에 커피 한잔을 아침으로 먹으며 노트북으로 메일을 쓴다. 맞은편에는 허감독이 오늘도 영상 편집에 매진하고 있다. 아직까지는 밴라이프 중에도 끊임없이 따라붙는 일거리들을 발목에 매단 채 간신히 균형을 잡으며 뒤뚱뒤뚱 걸어가고 있을 뿐이지만, 그래도 슬쩍 이런 생각이 떠오른다. '드디어 원하던 디지털노마드가 된 건가?'

'디지털노마드'란 시간과 장소에 구애받지 않고 떠돌아다니면서 일하고 살아가는 유목민들을 일컫는 말이다. 매인 직장이 없고 또렷한 일은 갖고 있으며, 도구는 노트북과 와이파이만 있으면 된다.

여행을 하고 계속 살아가기 위해선 일을 해야 한다. 1년 동안 생계를 접고 여행만 하고 싶지는 않았다. 어떻게 하면 돌아다니면서 효율적으로 일할 수 있을지 고민했다.

'제1원칙, 우선 촬영 계획이 잡히면 머물던 곳이 어디든 간에 일단 서울로 올라와 미팅을 한다. 그다음 촬영 준비는 여행하면서 할 수 있다. 촬영도 마찬가지로 어디서든 할 수 있다. 밴을 타고 떠돌아다니면서 발견한 멋진 장소를 촬영지로 제안할 수도 있다. 촬영을 마친 뒤 편집은 숲속이든 바닷가든 강가든 어디서든 해보자.'

2013년 유럽여행 때도 떠나기 직전에 찍은 뮤직비디오를 프랑스 니스에서 편집해 한국으로 보냈다. 문제는 없었다. 오히려 편집 과정에서는 때로 전화나 대면을 통해 끝없는 회의를 이어가며 서로의 시각 차만 확인하기보다는, 서면이나 메시지를 통해 각자의 요구와 의견을 명확하게 정리해 반영하고 조율하는 것이 더욱 효율적이라고 느꼈다. 여행하면서 일하는 것은 가능하다. 이미 우리는 몇 번의 실전연습으로 가능하다는 확신을 얻은 터였다.

이런 생각을 안고 오후 2시까지 열심히 각자의 자리(며칠 만에 각자가 편한 자리를 찾았다)에서 일하다가 어제 동대문 종합시장에 맡긴 소파 커버를 찾으러 나섰다. 벙커 위에 누워 옷을 갈아입으며 엉덩이 밑 이불을 만지작거렸다.

'우리가 고른 커버 원단이랑 잘 어울릴까?'

소파 커버는 밴에서 유일하게 큰돈을 들인 인테리어였다.

약간의 걱정을 안고 미세먼지에 뒤덮인 서울을 달려 동대문으로 향했다. 종합시장 안에서 시트를 만들어주시는 아주머니의 가게 호수를 찾아 조금 헤맸다. 언제 가도 헷갈리는 미로 같은 곳. 잘 빼입은 패션계 사람들과 정신없이 어디론가 걸어가는 운반기사들, 흥정하는 목청 큰 상인들 틈을 가로질러 두근거리는 가슴으로 아주머니를 만났다. 하루 만에 말도 안 되게 많은 양의 커버를 만족스럽게 만들어주셨다. 양쪽 끝 코너에 있던 맞추기 까다로운 모양의 커버에는 지퍼까지 달려 있었다. 가슴에서 우러나온 감사인사를 드리고 동대문을 빠져나왔다.

밴으로 돌아와 소파를 두드려 먼지를 털고 커버를 입혀 조각조각을 맞췄다. 우리만의 휴식공간이 완성되었다. 주방에서 거실과 그 위 벙커까지 바라보는데 무척 흐뭇했다. 1년 동안 우리의 집으로 쓸 공간인데 이 정도의 사치는 합당하다고 생각했다. 문득문득 소파 커버가 눈에 들어올 때마다 웃음이 절로 난다. 참 예쁘게 잘했다 싶어 스스로를 칭찬했다.

오후 약속에 다녀와 샤워기 헤드를 바꿔 달았다. 물을 아끼기 위한 버튼식 절수 샤워기 헤드였다. 완벽한 준비란 없었다. 준비와 적응은 끝나지 않는다. 1년의 밴라이프가 끝날 즈음엔 절약이 몸에 배 있을 것이다.

밴라이프가 많은 기대를 갖게 한다. 많은 용기를 주고 많은 시도를 하게 만든다. 쓰레기를 만들지 않기 위해 애쓰고, 물을 최대한 아껴 쓰려 노력하고, 밥도 딱 끼니때 먹을 것만 챙기게 된다.

샤워를 오 분 만에 마칠 수 있는 그날을 기대하며 밴라이프와 어울린다고 생각하는 빅맥세트로 늦은 저녁을 먹었다.

여행자와 생활자의 끼니에 대해 생각했다. 아무리 피곤해도 여행지에서는 아침 일찍 일어나 조식을 꼭 챙겨먹지만, 집으로 돌아오면 아침잠을 몇 분 더 자기 위해 아침밥을 거르기 일쑤다. 여행과 삶의 경계를 허물어가자. 어차피 삶이 여행인데.

밴에서 매일의 한끼를 고민한다.

'내일 아침 뭐 먹지?'

빨래방 집시들

해방촌 런드리 프로젝트와 코인 세탁소

6일 동안 쌓인 빨래는 생각보다 많지도 적지도 않았다. 옷, 양말, 속옷 등을 나누어 담아두었던 세탁망을 들고, 며칠 전 촬영지로 방문했다가 우리의 서울 빨래방으로 정해둔 해방촌 카페 겸 빨래방 '런드리 프로젝트'로 향했다. 전 세계에서 인도에 뒤이어 두번째로 대기 환경이 나빴다던 어제의 서울과 달리 오늘은 상쾌했다. 해방촌 초입에 들어서자 빨래할 생각에 몸이 개운했다. 조금 가파른 길로 들어서자 런드리 프로젝트가 눈앞에 보였다. 그런데 몇 개의 세탁기가 밖에 나와 있었다. 공사중이었다. 거기 가려는 게 아니었던 양 최대한 자연스럽게 원래의 목적지를 지나쳤다. 계획이 틀어졌다. 머리를 굴렸다.

우리의

빨래터이자

쉼터에서.

세탁기를 돌리고 커피를 마시며, 어젯밤에 못다 한 편집을 마무리하려던 상큼한 계획은 물거품이 되었다. 어렵게 서울 곳곳을 검색해 볼일이 있던 곳과 최대한 가까운 코인 세탁소로 빠르게 이동했다.

도착한 곳은 허름한 간판 가게에 붙어 있는 허름한 빨래방이었다. 하얗고 볕이 잘 드는 곳에서 커피향과 함께하는 첫 빨래를 기대했지만, 이런 날도 있는 것이다. 그래도 깨끗해진 옷들을 건조기에 옮겼고 삼십오 분의 건조까지 마치자 뽀송뽀송한 빨래를 끌어안을 수 있었다. 건조를 마친 빨래들은 건조기 내부의 온기를 품고 있는데다 색도 고왔다. 방금 세수를 마친 맑은 얼굴을 하고 있었다.

빨래를 마침과 동시에 편집도 마치고 와이파이를 사냥해 서둘러 편집된 영상을 보냈다. 빨래 끝! 일도 끝! 가벼운 마음으로 생필품 몇 가지와 담요를 샀다.

밴으로 돌아와 첫날부터 사흘째까지 머물렀던 한강 지구로 다시 이사했다. 담요의 먼지를 탈탈 털어 운전석과 거실 사이에 봉을 달고 걸었다. 일종의 공간 나누기였다. 건조기 구석에 낀 바람에 바삭바삭하게 마르지 못한 빨래 몇 가지도 자리를 잡아 널었다. 그러자 허감독이 이렇게 말했다.

"이젠 진짜 다 준비된 것 같은데?"

그랬다. 희한하게도 이제야 준비가 다 된 느낌이었다. 무엇이 다를까 생각해보니 이제야 밴이 진짜 사람 사는 공간처럼 보였다.

여행이 아닌 생활이 보였다. 빨래가 여기저기 널려 밴의 온기에 제 몸을 말리고 있는 모습에서 생활이 느껴졌다.

우리 생활의 흔적이 담긴 밴을 데리고 어디론가 떠나고 싶다. 물론 서울에 있는 것 역시 여행의 일부이지만, 숲속에 돗자리를 펴고 고기 몇 점을 집어먹은 뒤 기타 반주에 노래까지 곁들이고 싶다. 오늘의 빨래처럼 생각지 못한 상황과 감정이 찾아들 것 같아 두근댄다.

이제 359일 남았다.

정말 사는 것 같아

한강공원 산책

밴에서 살기 시작한 지 7일째다. 여행을 떠났을 때 자꾸만 줄어드는 시간이 약속했던 것처럼 매일이 그러하다.

아침에 어쩐 일로 내가 허감독보다 일찍 일어났다. 사실대로 말하자면 허감독이 먼저 일어났었다. 그리고 다시 잠들었다. 어디에 누워도 둘 다 잘 자는데 벙커의 잠자리는 정말 편하다. 왼팔을 길게 뻗어 허감독의 배 너머에 닫혀 있던 작은 창문 덮개를 젖히니 서울의 아침이 나타났다.

아직 서늘한 날씨에 코트 차림을 한 무리, 형형색색 사이클 복장으로 자전거를 굴리는 사람들, 행선지가 어디인지 알 수 없는 혼자인 사람. 창문 크기의 영화를 보는 것 같았다. 각자의 삶이 영화가 되는 세상, 저 사람들이 오늘 아침 영화의 주인공들이었다.

우리는 무한한 가능성의 한가운데 살고 있다. 무엇이든 될 수 있는 세상, 각자가 인생의 주인공이 될 수 있는 세상. 어떤 역할에 어떤 상황, 어떤 이야기든 자신이 쓰고 출연하고 감독하면 되는 세상. 그래도 되는 세상이라 믿고 싶은 간절함에 더하여, 이 순간이, 하루가, 오늘이 소중해지는 밴라이프의 마법에 걸려 나는 아침의 창문 영화를 한참 동안 관람했다.

매일 이어지는 운전과 앉으면 허리가 다 펴지지 않는 벙커 침실에 항의하는 건지, 허감독의 다리가 팅팅 부었다. 허감독의 다리를 주무르면서 꽤 오래전부터 읽어온 시어도어 젤딘의『인생의 발견』이란 책을 곁눈질했다. 유머의 쓸모와 재발견에 대한 장을 읽으면서 제대로 웃지 못했고 크게 웃으면 교양 없다는 편견 속에 살았던 과거에서 벗어나 오늘날 이렇게 맘껏 웃을 수 있다는 게 얼마나 행복한지 새삼 깨달았다.

벙커에서 뱀처럼 스르륵 거실로 내려가 어제 널어둔 빨래를 하나씩 갰다. 정말 사는 것 같았다.

서울 한복판에 불시착한 시골집 같았던 옛집의 아침과 많이 닮았다. 허감독이 먼저 일어나 커피콩을 갈면, 나는 그 고소한 냄새에 잠에서 덜 깬 몸을 쭉쭉 늘려주다 일어났다. 건조대의 빨래를 개고 다시 세탁기에 어제의 빨랫감을 넣으며 하루를 시작했던 옛집에서의 아침. 그리고 내가 좋아하는 걸레질을 하며 먼지를 훔치고, 약간 식은 커피를 마시며 일과를 체크했던 그리운 어느 날의 아침과 아주 닮아 있었다.

오후 4시쯤 또다시 몰려온 미세먼지를 무시하고 한강공원을 걸었다. 시간이 없다는 핑계로 근처 편의점에서 물을 한 통씩 사다 마시는 게 아까워 6시 미팅 전에 서둘러 마트에서 장을 봤다. 물론 많은 것을 사서 쟁여두지는 못하니 적당한 수량을 잘 고민하는 것이 쟁점이었다. 손가락을 접었다 폈다 서로의 의견을 주거니 받거니 하다가 물 2리터짜리 6통과 와인 3병을 샀다.

서둘러 김밥 한 줄씩 먹고 저녁 6시 미팅을 잘 마쳤다. 이번 일이 끝날 때까지 서울에 머물기로 했다. 밴으로 돌아와 장 본 몇 가지 물품들을 정리하고 와인을 마시며 일했다. 고정되어 있지 않아 이리저리 옮길 수 있는 편한 테이블을 가로로 길게 놓고 서로의 노트북 상판을 맞대고 각자 일을 했다. 한참 말없이 일하다가 뜬금없이 허감독에게 밴과 헤어지는 날이 오면 꽤 슬플 것 같다고 말했다.

밴, 우리집의 이름은 '밴'이다. 3년 동안 정들었던 옛집은 추억이 되었고, 새집 밴은 기억이 되어가고 있었다.

3장

봄

모든 것이 난생처음

우리집 옆으로 이사 온 첫 바다

완도에 개관한 자동차극장

밴라이프를 처음 시작한 계절은 봄이었다. 사실 봄이라고 말하기는 조금 이른 봄이었다.

언 땅이 녹지 않아 새싹이 트기 전이었고, 나무들은 헐벗어 가녀리기 짝이 없던 때였다. 패딩을 입은 채로 하루이틀 몇 주를 보내고 나서야 봄은 다가왔다. 밴라이프를 시작하고 며칠 동안은 바깥세상보다 밴 안의 세상에 흠뻑 빠졌다. 좋아하는 식물들을 입양해 밴 구석구석에 제자리를 잡아주고 벽에 좋아하는 글귀와 사진을 매달고, 소파 커버를 씌우고 커튼을 달았다. 새집으로 이사하면 한동안 집 꾸미기에 여념이 없는 것처럼, 우리 역시 밴을 '우리집'으로 만들어 가는 소소한 재미에 심취해 있었다. 그래서 이른 봄의 밴라이프 다

이어리는 밴 안에서의 생활에 대한 것이 대부분이다.

첫 며칠은 서울에 머물며 일을 했다. 밴라이프를 시작하며 다짐한 건 여행과 생활을 동시에 잘해나가야 한다는 것이었다. 아무래도 고정된 작업실에서 일하는 것보다는 능률이 떨어지더라, 밴라이프 기간은 우리 삶에서 원 없이 놀아본 기간이었어, 재밌었지만 우리가 일에서 성장하진 못했지……라고 늦은 고백을 하며 후회하고 싶진 않았다. 오히려 많은 것을 보고 매일 창밖의 풍경을 바꾸면서 사는 이 삶으로부터 더 강렬한 영감과 열정을 얻어 작업도 더 잘, 열심히 하고 싶었다.

열흘이 지나서야 밴을 움직였다. 시간을 벌려고 늦은 오후에 출발했다. 출발 전 거실과 주방, 욕실, 침실을 꼼꼼히 둘러보며 떨어지거나 굴러다닐 물건은 없는지 살폈다. 수납하기 좋아 소파 위에 올려놓았던 바구니 3개를 바닥에 모두 내려놓고 허감독은 운전석, 난 조수석에 앉았다. 며칠 동안 미세먼지로 심각하게 뿌옜던 서울을 미끄러지듯 빠져나왔다. 공기 좋은 곳으로 가고 있다는 게 너무 좋았다. 그렇게도 서울에서 벗어나고 싶었다.

처음 밴을 이사한 곳은 완도였다.

완도를 선택한 건 둘 다 한 번도 가본 적 없는, 가보고 싶었던 우리나라 남쪽의 막연하고 신비한 먼 곳이었기 때문이다. 서울에서 최대한 멀리 떨어진 곳으로 가고 싶었다.

첫번째 휴게소에서 타이어 공기압을 체크하고, 밴과 함께하는

장거리 운전이 처음인지라 조금 긴장한 채로 고속도로를 달렸다. 남쪽으로 내려갈수록 민낯의 산에 푸르름이 돋고 있었다. 그럼에도 아직 일렀다. 봄의 진짜 얼굴은 따뜻하고 나른한 볕인데, 창밖으로 얼굴을 내밀고 햇볕을 받기엔 바람이 많이 찼다. 그래도 서울과 확연히 다른 맑은 공기를 들이마시는 게 좋아, 간혹 날아드는 소똥 냄새에 코를 찌푸리면서도 창문을 자주 여닫았다.

바다를 옆에 두고 싶어서 담양을 거쳐 완도 명사십리 해수욕장으로 향했다. 정확히 말하자면 창문을 열면 바로 옆에 바다가 있길 원했다. 꿈꿨던 낭만 중에 하나였다. 인적 없는 어두운 밤의 주차장에 도착했다. 바다는 보이지 않았다. 아침을 기대해야 했다. 긴 운전에 피곤할 허감독은 노트북과 하드를 꺼내 내일 할 일을 정리했다. 밴에 사는 동안 시간을 잘 나눠 써야 했다. 일하는 시간, 쉬는 시간, 여행하는 시간.

다음날 날씨를 확인해보았다. '비, 흐림.'

그가 말했다. "빗소리? 더 좋지!" 단순한 이사라면 비 오는 날씨에 한숨만 나왔겠지만, 날씨가 어떻든 간에 우리의 이사는 여행이 두근거리는 가슴으로 창문을 열었다.

모래사장 너머로 반듯한 수평선의 바다가 보였다.

었고, 어딜 가든 밴이 우리를 따뜻하게 보호해주고 있었다.

다음날 아침, 몸을 일으켰을 땐 새벽 내내 천장을 두드리던 빗소리가 그쳐 있었다. 비를 좋아하는 터라 약간 아쉬운 맘으로 창 쪽으로 다가갔다. 창문에 빗방울이 앉아 있었다. 창문을 열고 기대에 잔뜩 부푼 가슴으로 밖을 바라보았다. 날은 잔뜩 흐렸지만 모래사장 너머로 반듯한 수평선의 바다가 보였다.

설렜다. 바로 옆이 바다라니. 바다가 우리집 마당이라니…… 한참 동안 창밖에 눈길을 두었다. 작은 배 한 척이 바다 위를 떠가며 일과를 시작하고 있었다. 우리는 완도의 한구석 어딘가에 정박해 고작 며칠을 보낼 뿐이겠지만, 그럼에도 이른 아침 바다를 한 줄로 그으며 깨우는 배의 성스러운 움직임을 숨죽여 지켜볼 수 있다는 것에 완도에 바짝 붙어 여행하는, 완도를 살아가는 기분이 들었다.

아무도 없는 외로운 바다를 잠시 걸었다. 그리고 노트북을 꺼내 각자의 일을 했다. 가끔 고개를 들고 창문을 열어 바다를 바라보았다. 날이 따뜻했다. 남쪽이기 때문일까? 따뜻한 볕 한줄기 없었지만 그날 우리의 가슴은 봄이었다.

우리집 옆의 첫 바다였다.

이날도 우리는 힘을 내야 했다. 노력해야 했다. 누구 한 명이 움직일 때 부딪치지 않으려고, 엇갈리지 않으려고 애썼다. 보통의 집보다 서로의 거리가 훅 좁혀들기 때문에 아담한 밴 안에서는 허감독과 나의 관계를 새롭게 자리매김해야 했다. 가까이 지낸다고 해서 가까운 사이가 아니다. 마음의 거리가 중요하다. 완도의 바다와 우리 사이도 마찬가지였다.

첫날밤, 생각지도 못한 곳에 허감독이 빔프로젝터를 달았다. 카메라 집게 거치대가 훌륭한 극장 설비가 되어주었다. 조수석 뒤편 창문 덮개에 빔을 쏘고, 거실 소파를 침대로 만들어 영화를 보았다. 차창 너머로 멀찍이 스크린을 보는 자동차극장 말고, 우리만의 진짜 자동차극장이 탄생했다.

'밴라이프'라는 우리 영화의 첫 장면이 시작된 날이었다.

완도 명사십리 해수욕장의 밴.

극장 밴.

여기 살면 참 좋겠다!

완도 수목원의 온실

완도로 이사 온 이튿날이자 밴에 산 지 보름째 되던 날, 이 무렵엔 꽤 반복적인 아침 일과가 생겨 있었다.

기상–청소–세수–(늦은) 아침식사.

이날은 쨍하게 내리쬐는 햇볕이 아침인사를 건넸다. 창문 너머 바다색이 전날보다 푸르렀다. 모래 우는 소리가 십 리까지 들린다 해서 '명사십리'라는 이름을 가지게 되었다는 그곳엔 여전히 우리뿐이었다.

운전석과 생활공간을 분리해둔 담요를 들고 밖으로 나갔다. 보름간 쌓인 먼지를 있는 힘껏 탈탈 털었다. 아직 마르지 않은 머리카락이 볼에 부딪쳐 차가웠다. 햇볕을 쬐겠다고 반팔을 입고 나섰다

가만히 바라보면 특별해지는 순간이 많다.

알고 보면 특별하지 않은 사람 하나 없는 것처럼.

가 얼른 밴으로 들어왔다.

시동을 걸고 움직였다. 온실에 사는 것이 꿈인 이상한 남자 허감독의 소원을 들어주기 위해 밴의 화장실에까지 식물을 잔뜩 넣어두었는데도 여전히 부족한지, 그는 국내 최대 난대림 자생지 완도 수목원으로 향했다. 도중에 밴 앞에 걸어가듯 느릿하게 움직이는 경운기가 나타났다. 주민의 느린 생활리듬에 맞춰 탈탈탈탈, 움직이고 있었다. 서두를 이유가, 바쁠 필요가 없었다.

수목원 주차장에 도착해 창문을 여니 입구 수변 표면이 햇빛을 머금어 반짝거렸다. 산책로, 온실, 전망대를 둘러보고 내려오면서 누가 먼저랄 것 없이 말했다.

"여기에 살면 참 좋겠다. 어때?"

완도살이 이틀 만에 이국적인 식물과 잔잔한 바다, 푸른 산에 반해서 꺼낸 말이었다.

육지와 섬을 이어주는 완도대교를 오른편에 두고 완도의 첫 마을 부둣가에 밴을 세우고는, 봄볕에 얼굴을 말리며 다시 한번 서로에게 물었다. "여기에 살면 어떨까?"라고.

아직 많은 날이 남았고, 갈 곳도 많은데 벌써부터 말이다.

완도살이 이틀 만에 서로에게 물었다.

"여기에 살면 어떨까?"

우리 생애 가장 아름다운 바다

해남 송호리 해수욕장

딱따구리가 나무 쪼는 소리에 잠을 깼다. 꿈속에서 하얗고 머리가 큰 딱따구리를 보았는데 아무래도 바깥에서 들리는 진짜 새소리가 꿈에 파고들었나보다.

완도 정도리 구계등 주차장이었다. 양옆으로 우거진 숲 사이를 삼 분 정도 걸어가면 한눈에 담을 수 없는 몽돌(귀퉁이가 닳아 동글동글해진 돌) 해변인 구계등이 나온다. 오가는 사람 하나 없고 겸손한 파도 소리만 조용하게 구르는 이 해변을 마을 사람들은 아홉 가지 볼거리가 있는 자갈밭이라는 의미에서 구경짝지라 부른다고 한다.

세수도 안 한 민낯으로 산책에 나섰다. 뒷짐을 지고 걷다가 스트레칭을 하고, 숲속으로 난 길도 걸었다. 하룻밤 사이에 해가 더 따뜻해졌다. 중요한 약속이 있어 서울로 돌아가야 하는 날이었다. 산책을 마쳤지만 떠나기엔 조금 아쉬운 시간. 바로 옆이 해남이라 땅끝마을에 들렀다 가기로 했다.

보통의 집에 살 땐 몰아치는 일을 마치고 나면 파김치 아니 물러터진 신김치가 된 상태로 집에서 멍하게 보내는 시간이 많았다. "이럴 바엔 차라리 여행 다니는 게 훨씬 낫겠다!"라고 외쳤던 허감독의 말을 떠올렸다. 며칠간의 운전 강행군으로 퉁퉁 부은 그의 종아리에 미안했지만 우리는 다시 시동을 걸었다.

해안도로를 거쳐 땅끝마을로 향했다. 계획하지 않아서 더 보였다. 계획하면 계획한 것만 보였고, 계획한 것만 보려 했었다. 살면서도, 여행을 하면서도. 촘촘한 계획 없이 밴을 타고 떠돌아다니자 여행의 폭이 더 넓어지고, 보고 들을 대상이 수없이 우리에게 쏟아졌다. 이동하면서 읽으려고 꺼내든 책의 한 페이지도 넘기지 못하고, 에메랄드빛 바다, 소박한 몇 채의 집들, 완도보다 푸른 밭에까지 시선을 뺏겨 일주일 만에 산책 나온 강아지처럼 고개가 바빴다. 운전하는 그도 곁눈질로 풍경을 즐겼다.

운전하느라 나보다는 덜 구경할 수밖에 없는 그를 위해 '나도 빨리 밴 운전을 해야겠다' 마음먹었지만, 우리 둘 모두의 안전을 위해 결국 밴라이프의 끝까지 운전은 허감독이 도맡았다.

이십 분 남짓 달려 땅끝마을에 도착했다. 많은 관광객들, 요란한 안내판과 조화롭지 않은 건물들, 골목 사이를 잠깐 거닐고, '여

저멀리 보이는 환영에 손을 뻗고
한 번만 나의 곁에 닿아달라 외쳤던 20대를 떠올린다.
잔인하리만치 아름답고 슬퍼서
무겁게 젖어 있는 그 찬란했던 시절은
어느새 중력이 되어 나를 지탱하고 있다.
다채로운 감정의 파도를 타며 보냈던
과거의 아름다움에 웃음을 짓는다.
욕심내지도 의도하지도 계획하지도 않았는데
한아름 품에 다 안아본 바다.

기가 바로 땅끝이야, 땅끝에 서 있어'라는 의미 하나로 충분했던 그곳을 얼른 빠져나왔다. 다시 서울로 갈 시간이었다. 라디오 〈배철수의 음악캠프〉 시작을 기다리며 조수석 뒤로 사라지는 전봇대를 뒤돌아보면서 십오 분쯤 달렸을까? 해변을 따라 빽빽히 자라난 해송숲 사이로 해안선이 보였다.

'해남 송호리 해송림—천연기념물'이라고 쓰인 초록 팻말이 서 있었다. 망설일 것 없이 밴을 세웠다. 숲길 끝에 바다가 바람을 입고 햇볕 아래 너울대고 있었다. 내가 유치원 다닐 때 엄마가 즐겨입은 참 예뻤던 플레어 치맛자락 같았다. 짚으로 만든 파라솔이 모래사장 위에 일정하게 꽂혀 있었고, 모래사장을 거닐던 한 커플이 사라지고 나니 아름다운 해변에 오직 우리뿐이었다. 신발과 양말을 벗고 모래를 밟으며 뛰어다녔다. 바닷물이 찰랑거리는 바로 앞까지 다가가 파도와 한참 밀당놀이를 하고 난 뒤,

"살면서 봤던 우리나라 바다 중에 제일 아름답다!"
감히 그렇게 말해버렸다.

그 시간, 송호리 바다는 정말 아름다웠다.

욕심내지도 의도하지도 계획하지도 않았는데 한아름 품에 다 안아본 바다. 그렇게 세상은 기대하지 않았던 선물을 던져주곤 한다. 그걸 눈치챌 수 있는 가슴을 가진다면 언제고 그 선물을 받을 수 있다. 그런 가슴을 품을 것이냐 말 것이냐는 결국엔 자신에게 달려 있다.

오후 4시 20분쯤의 그 아름다운 바다를 뒤로하고 매직아워(일몰 전 촬영하기 가장 아름다운 빛의 시간) 속에서 배철수님의 목소리로 소개되는 팝을 들으며 남에서 북으로, 더 북쪽으로 올라왔다.

송호리 아름다운 해변에는

오직 우리만 있었다.

양말을 벗고 파도와 밀당놀이를 했다.

집들이 말고 밴들이 오세요!

컵밥과 컵라면

잔디가 자라난 한강공원에서 몇 차례 '밴들이'를 가졌다. 보통 사람들은 집들이를 하지만 우리는 밴들이를 연다.

'잘살아달라'는 응원을 아끼지 않는 친구들이 따뜻한 봄날에 몇 차례 다녀갔다. 일부러 찾아오기도 했고, 한강에 산책 나온 김에 들른 이도 있었다. 작지만 제 나름의 생활공간이 철저히 분리된 밴 내부를 설명해주고, 함께 남은 날을 세어보곤 했다. 친구들은 밴들이를 하는 동안 현관에 앉아 사진을 찍거나 창문에 담기는 풍경을 가만히 내다보거나 미러볼을 돌려 춤을 추거나 저마다의 자세와 행동으로 밴들이를 즐겼다. 커피를 나눠 마시고 수다를 나누고 방명록에 글을 남겨주길 부탁했다. 밴들이를 마치고 손님들이 떠나기 전까지는 방명록의 글을 읽지 않고 아껴둔다. 그러면 신기하게도 그들의 마음이 남긴 진한 향이 숙성된다.

봄날 한강이 코앞인 우리 밴에 놀러온 많은 사람들 가운데 허감독의 부모님과 누나 가족이 있었다. 그새 공원의 초록색 잔디가 아빠의 학창 시절 까까머리처럼 꽤 자랐다. 가족 밴들이 날, 크지도 않은 거실 바닥을 몇 번씩 닦고 청소기로 구석구석 먼지를 빨아들였다. 부모님께서 처음 밴에 들르시는 날이라 잘 보이고 싶었다. 걱정 끼쳐드리고 싶지 않았다.

봄나들이 나온 차가 많아 가족들은 약속시간보다 조금 늦게 도착했다. 괜히 걱정만 잔뜩 안고 돌아가시면 어쩌나 하는 염려는 기우였다. 부모님은 무척 좋아하셨다. 무한한 응원을 아끼지 않으셨다. 해줄 수 있는 게 그뿐이라 미안하다 하셨지만, 우리가 바라는 것 역시 그것뿐이었다.

날이 좋아 조카들은 밴 주변의 잔디밭을 뛰어다니고 어른들은 밴에 앉아 이야기를 나눴다. 가족이 서로를 향해 내뱉는 따뜻한 위로, 다정한 배려, 세심한 충고, 응원의 말이 차분하게 빛이 되어 우리를 비추었다. 얼마 후 지친 조카들이 밴으로 들어와 벙커 침대 위에 올라가 한참을 놀았다.

"삼촌! 진짜 차에 살아요?"

다섯 살 둘째조카 가현이가 물었다.

"아니, 삼촌 집이 캠핑카야!"

열 살 첫째조카 민준이가 대신 답했다.

조카들 사이에 당연하지만 특이한 문답이 오가는 걸 보고 있는데 문득 밴에 살기 참 잘했다는 생각이 들었다.

가족들은 서로의 안녕을 바라며 모두 집으로 돌아갔다. 세수를 마치고 침대에 누워 말했다.

"우리 참 행복하다, 알지?"

행복은 찾아가는 것이 아니라 알아차리는 것이라 한다. 그저 알아보면 그뿐, 어디 먼 곳에서 찾을 필요가 없었다.

며칠 후 밤에 친한 후배가 밴들이를 왔다. 밤 시간을 쪼개 서로의 근황에 대해 이야기를 나누었다. 그가 떠난 테이블엔 바닥까지 비운 와인 한 병과 와인잔 3개, 채 동내지 못한 감자칩 봉지가 남았다. 키친엔 그가 밴들이 선물로 주고 간 컵밥과 컵라면이 있었다. 밥하기 귀찮을 때 챙겨먹으라는 그의 센스가 당분간 우리의 밴과 배를 다정하게 채워줄 것이다.

주변 사람들이 밴에 놀러와 같이 시간을 보낼 때마다 신기했다. 익숙지 않은 공간에 들어서는 그들의 몸짓 하나하나와 생소한 반응과 말들이 다 새로웠다. 그들이 떠나고 나면 이내 그리워지는 시간들, 곱씹을수록 단맛이 도는 추억들을 음미했다.

그러고 보니 추억은 유통기한이 길다. 우리 자신이 건강하기만 하다면 언제든 꺼내어 오래오래 되씹어도 된다.

새의 시점으로 바라보면

인천 송도에서 날다

인천 송도에서 하루를 보냈다. 원래 바다였던 곳을 육지로 만든 송도는 바람이 많이 불고 날씨가 흐린 날이 많다. 그렇지만 이날의 날씨는 무척 좋았다.

아침 겸 점심을 먹고 밴에서 잠시 시간을 보냈다. 무엇을 할까 고민하던 차에 헬리캠을 꺼내 빌딩숲을 가로질러보기로 했다. 드론을 잡을 때마다 심장이 터질 것처럼 뛴다는 허감독은 긴장해서 입이 마르는지 자꾸만 입술을 축이고 있었다. 난 허감독이 날리는 기체를 바라보며 훈수를 두는 역할을 한다.

"잘 보여요!"

"앞에 장애물 없어요!"

"더 날아도 돼요! 계속 고고!"

아파트단지 옆 길가에서 드론을 띄웠다. 높이 올린 헬리캠으로 빌딩숲이 아닌 바다와 우리의 모습을 찍었다.

평상시 우리는 위에서 아래를 내려다볼 기회가 많지 않다. 따라서 유명한 관광지는 높은 곳에 뷰포인트를 가지고 있다. 새의 높이에서 우리가 사는 이 세상을 볼 기회는 그만큼 흔치 않다.

허감독은 카메라 방향을 움직여 수직으로 길을 조망했다. 그리고 찰칵!

십오 분 정도 드론을 날리고 나면 그의 손은 땀범벅이 되었다. 혹시라도 드론이 말을 듣지 않아 이상한 곳으로 날아가 사람이 다칠까봐 신경이 쓰인다고 말한다. 기계야 망가지거나 사라져도 괜찮다. 사람이 먼저다. 그래서 처음 날릴 때나 착륙할 때는 우리조차 멀찌감치 떨어져 있다.

촬영된 영상과 사진을 보았다. 우리 키높이와 관점으로는 보지 못하는 새의 시각으로 본 송도와 우리가 찍혀 있었다. 우리는 키를 알 수 없는 점이 되어 있었다. 고개를 한껏 젖히고 찍은 사진도 있었다.

가장 익숙한 것들을 낯설게 보고 싶다. 우리가 밴라이프를 하는 이유 중 하나이기도 하다.

드론의 힘과 허감독의 조종 실력으로 다른 시각에서 바라본 우리의 자화상과 지금 우리가 서 있는 길은 낯설었다. 언젠가는 기계와 기술의 도움 없이도 이처럼 색다른 감각과 새처럼 자유로운 시선을 내장할 수 있을까?

날아오르는 연습을 했다.

드론과 함께.

밴에서 살고 여행한 지

한 달이 넘어가던 어느 날의 허감독과 나.

밴에서 살고 여행한 지 벌써 한 달이 다 되어간다.

시간은 달리고 맘은 급해지고 있다.

엄마에게 가는 길입니다

전북 장수, 사는 맘 키우기

무주에 갔다. 국립공원 야영장이 이렇게 잘돼 있는 줄 몰랐다. 관심을 두지 않으면 알 수 없는 것들이 천지다. 그중 몇 곳에는 캠핑카를 정박할 수 있는 곳이 있다. 덕유산 국립공원에서 릴선을 뽑아 야영장 전원 콘센트에 연결하고 돌돌 말린 호스를 꺼내 물도 듬뿍 넣었다. 밴을 배불리 채워주고 우리도 밥을 지어 먹었다. 미뤄둔 영화를 한 편 보고, 달게 오래 잤다.

이튿날 덕유산 야영장에서 오전 11시에 일어나보니 어제보다 꽤 많은 사람들이 있었다. 평범한 사람들, 평범한 가족들이 조용히 그들만의 방식으로 캠핑을 즐기고 있었다.

달게, 오래 잤다.

우리집 밴에서.

밤에는 나의 친정집이 있는 장수에 갔다. 주꾸미 샤브샤브를 같이 해 먹으려고 외갓집 식구들이 모인다는 소식에, 따로 결혼식을 하지 않아 2년 넘게 외가 친지들에게 보이지 못한 허감독을 보여드리기 위해서였다.

밴라이프가 특히 좋은 건, 보고 싶은 사람이 있거나 가고 싶은 곳이 있으면 일 걱정, 다시 돌아올 걱정 없이 언제든 어디로든 달려갈 수 있다는 점이다. 생각해보면 거리가 먼 것이 아니라 마음이 먼 것이었다. 절친한 사람과도 그럴 때가 있다. '조만간 만나요'라는 말과 함께 헤어지고 지키지 못했던 숱한 약속을 나는 밴라이프를 하는 동안 반성했다. 보고 싶은 사람이 있으면 내가 먼저 달려가야지. 적어도 사랑하는 사람들에게 다시는 '바빠서' '멀어서'라는 막막한 핑계를 대진 말아야지.

결혼 초부터 워낙 살아온 궤적이 비범한지라 친척들은 반가움 반 신기함 반으로 허감독을 살갑게 챙겨주었다. 밴을 둘러보며 박수와 응원도 보내주었다.

늦은 밤, 엄마의 집 앞에 밴을 세워두고 잘 채비를 했다. 하루종일 여름 같던 날씨는 어디 가고 산골 추위가 밀려와 바닥난방을 켜고, 뜨끈해진 거실 바닥에 엉덩이를 붙였다. 이따금 들리는 뻐꾸기 소리를 제외하고는 사방이 고요했다. 친척 어르신들이 따라주시는 술을 받아 마신 허감독은 먼저 잠들었다. 나는 불을 끄고 잠시 그대로 앉아 있었다.

고개를 들었다. 어둠 속에 밴 천장이 유독 높아 보였다. 고개를 좌우로 돌려보았다. 운전석과 생활공간을 분리해둔 커튼부터 주방 창문까지 밴 내부가 무척 넓어 보였다.

캠핑카에서 사는 우리에게 사람들은 '좁지 않니?' '답답하지 않니?'라고 묻곤 했다. 팔을 있는 대로 벌리고 까치발을 들어 발돋움해봐도 밴의 너비와 높이는 우리 둘보다 훨씬 크고 넓었다. 계속 반복되는 밴의 크기에 대한 질문에 답을 정했다. "아니요. 저희 둘이 살기에 충분히 차고도 넘치는 공간이에요"라고.

어른이 되고 나이를 먹어갈수록 사는 곳보다 사는 맘이 더 크고 넓어져야 되는데 그게 좀처럼 쉽지가 않다. 나이, 나이는 '나의 이야기'의 줄임말 같다. 자신만의 이야기가 차곡차곡 쌓이고 늘어가는 것, 나이가 우리에게 그런 것이라면 참 좋겠다.

밴라이프를 마치고 나면 어떻게 될까? 겨우 11개월 남았다. 하루하루 남은 날들을 헤아려보는 게 버릇이 되었다.

집을 다시 구할 수도 있겠지.

서울에 안 살 수도 있겠지.

밴에 더 살 수도 있겠지.

밴을 갖고 해외로 갈 수도 있겠지.

우리나라 어딘가에 집을 지을 수도 있겠지.

이럴 수도 있겠지, 저럴 수도 있겠지.

있겠지, 있겠지, 있겠지……

수많은 가능성의 후보들이 줄지어 손들기 바빴다.

그럼에도 한 가지 변하지 않을 사실은, 사는 데 충분하고 만족스러운 공간을 알게 됐다는 것이다. 평범한 체격인 우리에게 충분하고도 적당한 공간인 밴을.

그래, 사는 곳보다 사는 맘을 키워야지.

내일 소낙비가 오더라도 우리는 밴을 하얗게 닦으리

‘무진장’ 좋은 곳

시골길을 달렸다. 운전석 위 벙커에 부딪친 작은 벌레들의 사체와 며칠 전 추적이며 내린 빗자국이 심각했다. 서울로 돌아가던 길에 진안에 들렀다 갈 작정이었다. 전라북도 무주, 진안, 장수를 한데 묶어 ‘무진장’이라고들 부른다. ‘무진장’ 좋은 이 지역을 밴으로 완주하고 싶었다.

주유소에 셀프 세차장이 딸려 있길래 동전교환기로 500원 동전을 잔뜩 바꿔 밴에 열심히 물을 뿌리고 비누칠을 했다. 주말 세차를 나온 사람들이 서넛 있었다. 내일은 비 예보가 있었다. 그래도 세차를 하기로 했다. 하루이틀 미루는 바람에 밴이 너무 더러워졌다. 내일 비가 오더라도 오늘은 깨끗한 밴에서 살고 싶었다.

밴 목욕하는 날.

허감독이 몸을 접었다 폈다 하며 큰 키의 밴을 구석구석 씻겼다.

"미뤘더니 시간이 더 걸리네. 다음엔 날 잡고 제대로 세차해야겠어!"

우리집을 청소하는 데는 생각보다 시간이 오래 걸린다.

우리는 피치 못할 사정으로 많은 것을 미루며 산다. 대개는 시간이 없다는 핑계를 내세운다. 하지만 시간은 이상하게도 만들면 있다. 만들고자 하면 어떻게든 짬이 나는 게 시간인데, 미루는 습관이 한번 찾아들면 그 녀석은 쉽게 떠날 기미를 보이지 않는다.

습관적인 지연과 지각, 연기 속에 우리는 살아간다. 집에 돌아오면 곧장 세수하고 샤워하는 일도, 밥 먹고 난 후 바로 양치와 설거지를 하는 일도 아무렇잖게 미룬다. 아침마다 알람을 잽싸게 끄고 오 분 후를 기약하며, 오늘 가고 싶은 여행을 연기하거나 지금 갖고 싶고 먹고 싶고 보고 싶은 수많은 것들을 미루기 일쑤다. 피치 못할 사정과 상황이 시시때때로 들이닥친다.

하지만 그 숱한 이유와 변명들은, 정말로 피할 수 없는 것이었을까?

오늘을 살고 싶다.

우리의 첫 책『커플의 소리 in Europe』에 사인할 때마다 쓰는 문장이 있다.

"오늘도 내일도 다시없을 마지막."

그렇기에 미루고 싶지 않다.

시간의 맛

카페 밴

커피를 마시려면 물을 끓여야 한다. 물이 끓는 동안 손으로 돌리는 그라인더에 커피콩을 넣고 양손에 공평한 역할을 나눠주고 열심히 콩을 간다. 콩이 다 갈릴 때쯤 물이 보글보글 끓는다. 그럼 필터를 꺼내 머그잔에 올려놓고 커피가루를 그 위에 쏟는다. 필터에 물을 조금씩 붓는다, 천천히.

두 개의 잔에 사이좋게 나눈다.

마신다.

함께 먹을 수 있는 것이 그리 많지 않은데 하루의 시작을 '같은 마실 것'인 커피로 시작할 수 있다는 게 얼마나 감사한지. 평범한 시간들 속에 고맙고 감동스러운 순간들이 넘쳐난다. 그걸 하나씩 움

이동식 카페, 밴.

켜쥐고 조용히 속삭인다.

"너로 인해 나의 생이 이렇게 반짝인다"라고.

2013년 약 세 달간의 유럽 배낭여행 때 지친 체력을 끌어올리기 위해 에스프레소를 마셨다. 그때부터 마시기 시작한 커피가 이제는 아침 기상을 담당하고 있다. 그냥 다 갈린 것을 사 먹어도 되는데, 복잡하고 불편한 과정을 건너뛰게 해줄 커피제품들도 시중에 많이 나와 있는데, 지금은 이게 좋다.

여행도 그렇다. 나는 약간의 불편함이 주는 느림과 잔잔함을 좋아한다. 오래된 필름카메라로 찍은 사진도 좋아한다. 지금 쓰고 있는 이 책에 담길 사진들의 대다수도 필름카메라로 찍은 것이다. 필름카메라는 기다림이 있어 좋다. 뭐가 나올지 모를 그 '우연'에 맡기는 시간이 좋다.

어찌 보면 여행이란 나 스스로 자처하는 우연의 행로다. 여행의 시작과 도중에 아무리 철저히 계획을 해봐도 삶과 마찬가지로 무엇을 만나고 잃고 얻고 느끼게 될지는 전혀 예측할 수 없기 때문이다. 결국 우리는 여행중에 우연이 데려다주는 그 설렘과 호기심을 매일 느끼고 싶어 이렇게 밴라이프를 하고 있는지도 모른다.

삶의 속도,
밴의 평균속도

의문과 의미 사이에서

기념일을 잘 챙기지 않는다. 그러나 밴라이프 다이어리를 쓰다 보니 날짜에 민감해지고, 내게 주어진 날들을 꼼꼼히 헤아리게 된다. 매일이 기념일이다. 오늘로 밴라이프 40일 차, 325일이 남았다.

잘하고 있다는 걸 알면서도 불안해질 때가 있다. 아니 사실 항상 그렇다. 불안은 행복한 가슴의 한쪽에 늘 똬리를 틀고 있다.

요 며칠 서울에 머물며 사람들을 많이 만났다. 도시에서 조금 떨어진 곳에서 도시를 바라보면 도시는 참 빠르다. 사람들도 빠르다. 요 며칠 만난 사람들도 빠르게 살고 있었다. 빠르게 그리고 바쁘게.

서울을 오가는 차들은 빠른데 우리 밴은 느리다. 조심히 가야 하기 때문이다. 빨리 이동하는 것보다 사고가 나지 않는 것이 더 중요하다. 큰 사고가 나서 밴이 수리에 들어가기라도 한다면, 우리는 집이 없어지는 셈이다. 속도를 낼 수 있어도 천천히 달려야 했다.

저녁에 정기점검을 위해 정비소가 있는 안성에 다녀왔다. 이미 한참 지난 퇴근시간도 아랑곳하지 않고, 두 정비사가 밴의 전력을 높이고 실내에 블랙박스를 달아주는 등 꼼꼼하게 정비해주었다.

업그레이드된 밴을 타고 서울로 돌아오면서 잠시 말을 잊었다. 천천히 가고자 하는 우리 삶의 리듬이, 세상의 속도와 궤도에서 벗어나 우리만의 리듬을 찾아가고자 한 바람이 혹시 잘못된 건 아닌지, 인생에서 가장 치열하게 달려야 할 시기에 괜한 시간 낭비를 하고 있는 건 아닌지 곰곰이 생각했다. 허감독도 같은 생각을 하는지 우리는 한동안 침묵을 지켰다.

그러나 아무리 되물어도 답은 분명했다. 우리가 이렇게 별나게 살 수밖에 없는 이유가 너무도 선명했다. 우리는 바쁠 이유가 없었다. 빠를 이유가 없었다. 일부러 유별나게 살려 한 것도 누구를 따라하거나 무엇을 따라잡으려 한 것도 아니었다. 우리는 너무 빨라서 숨이 가빠 놓치는 것들을 하나하나 잡아채길 원했고, 우리만의 세상에서 그에 맞는 속도와 궤적을 만들어가길 원했다.

그러나 오직 우리의 방식만이 옳고 세상의 방식은 틀렸다고 확신할 수는 없다. 인생에는 정답도 오답도 없기에. 그저 우리가 좋다고 생각하는 방식대로 살아보는 수밖에 없다. 도시 속 바쁘고 빠른 사람들 속에서, 너무 가깝게 때로는 비좁게 살고 있는 타인과의 거리 위에서 우리는 묻고 또 물었다.

사람들이 빠른 게 아니라 우리가 너무 더디게 사는 건 아닐까.
삶의 평균속도는 어느 정도일까.
느리다는 건 뒤처지는 것일까.
뒤처지면 낙오되는 것일까.

산다는 것은 결코 경주가 아닐 것이다. 저마다의 리듬과 속도, 모습, 스타일이 넘쳐나는 게 당연하다고 마음을 다졌다. 그러나, 그럼에도 불구하고 어쩔 수 없이 열정적이고 빠르고 바쁜 도시 사람들 사이에 끼어 있을 때는, 스스로에게 되묻는다.

우리, 잘살고 있는 걸까?

서울을 빠져나오면 서울에 얼마나 다양한 문화와 사람,
기회가 잠재되어 있는지 훨씬 더 잘 느껴진다.
왜 많은 사람들이 서울에 살고 싶어하는지,
왜 도시를 갈구하고 도시에 모여드는지,
그 이유를 하나하나 찾게 된다.
마치 금세 잃어버릴 것 같은 구름처럼 흐르는 창밖의 서울,
그 앞모습 뒷모습 옆모습을 바라보며.

VANLIFE

자라섬의 거북이

밴과 함께라면 매일이 축제

지난밤 〈고아웃〉 매거진에서 주관하는 캠핑 페스티벌인 '고아웃 캠프'가 열리는 자라섬으로 왔다. 잔디밭이 아닌 흙바닥 구역으로 자리를 잡았는데, 오랜만에 자연바람을 맞겠다고 활짝 열어둔 밴 창문으로 모래가 날아들었다. 차에 딸려 있는 어닝(그늘막)을 펴고 바깥 수납장에서 접이식 캠핑의자를 꺼내 폈다.

강변이라 그런지 아니면 그날 유독 그랬던 건지 자라섬에는 바람이 무척 많이 불었다.

'괜찮아, 자연이잖아!'

그냥 내버려두었다. 바람에 나뒹구는 의자들 아래 처음으로 야외용 돗자리로 구비해둔 담요를 널찍하게 깔았다. 그 위에 테이블

밴에 달린 그늘막을 펴고 캠핑의자를 꺼낸다.

곧장 피크닉 장소로 변신.

과 물병, 바구니들을 모퉁이마다 놓아 담요가 날아가지 않게 고정시켰다. 밴 안에 있는 식물들을 꺼내주었다. 화장실 창문으로 겨우 햇빛을 보던 식물들과 주방에서 키우는 작은 식물들, 거실에 걸어둔 식물들까지 모두 내놓았다. 바람 속으로, 햇빛 아래로 꺼내주었다. 그 식물들 중 80% 이상은 공중식물로 미세먼지 제거와 공기청정에 효과가 있다고 해서 입양했다. 작은 공간에 산소를 공급하는데 도움이 될까 싶어서. 하지만 생각해보면 우리의 좁은 공간에서 그 식물들도 숨쉬느라 애썼겠구나 싶다. 바람에 나부끼는 식물들이 걱정되었지만, 그래도 그들에게는 오래간만의 외출이 천국처럼 느껴지지 않을까 싶어 그대로 두었다.

4월 마지막 주인데 여름날씨처럼 햇살이 강했다. 공용 화장실에서 손을 씻고 거울을 보았는데 옷 윤곽선 밖으로 팔과 목이 벌겋게 달아올라 있었다. 금세 탔다. 건강해지는 기분이 들었다. 이렇게 사는 게 진짜라는 생각이 들었다. 자연스럽게.

에디터가 밴에 잠시 들러 촬영을 했다. 땅에 드리운 밴 그림자에 모르는 사람들이 두 차례 쉬었다 갔고, 흙바람을 헤치고 밴으로 걸어온 캠핑족 몇 분은 밴의 요모조모를 사진으로 찍어갔다. 아이들은 소리를 지르며 다가와 호기심 어린 눈으로 관찰하다가 엄마 아빠에게 외쳤다. "나 이거 갖고 싶어!"

밴, 우리집을 즐기는 사람들. 누군가에게 그늘이 되어주고, 꿈

하루가, 일상이 반짝거린다.

특별하지도 평범하지도 않다. 그냥 다른 것뿐이다.

특별함이 도대체 무엇일까? 그렇다면 평범함은?

많은 이들이 좇는 것은 평범하다 말하고

소수가 좇은 것은 특별하거나 유별나다고 말하지만

결국엔 그냥 다 다른 것이다.

세상에 똑, 같은 건 하나도 없다.

이 되어주고 장난감이 되어주는 밴. 기쁨과 함께 날아드는 건, 이 생활이 고작 1년뿐이라는 아쉬움이다. 또 하루종일 날아든 것이 있었다. 라면 냄새. 밴에 있어도, 여기저기를 걸어도, 담요로 만든 조그만 마당에 앉아 있어도 라면 냄새에 위가 꿈틀거렸다. 라면 냄새를 맡으면 캠핑 나온 기분이 제대로 난다. 라면은 마법이다.

허감독은 이날 낮에 막걸리 뚜껑을 열다가 막걸리를 사방에 쏟았고, 저녁엔 계란이 먹고 싶다는 나를 위해 오믈렛을 요리하다가 바닥에 쏟았다. 행여나 기분이 가라앉을까봐 마법을 부리기 위해 낮에도 라면을 끓였고, 저녁에도 라면을 끓였다. 다시 찾아든 캠핑 나온 기분.

밤에도 바깥은 사람 사는 소리로 북적였다. 식물들은 짧은 외출을 마치고 이제 모두 제자리로 돌아갔다. 펴두었던 캠핑의자도 다시 몸을 접어 밴으로 돌아왔고, 창문과 문을 굳게 닫은 밴 안에는 하루 동안 눈치채지 못하게 날아든 민들레 홀씨들이 공기결을 따라 흩날렸다. 문득 '캠핑 온 사람들은 내일 다들 집으로 돌아가겠지?'라는 생각이 들었다. 내일이면 텐트를 접고 꺼내두었던 물건들을 정리해 집으로 돌아가겠지.

그럼 우린 이제 어디로 가야 할까?

돌아갈 곳이 없었다.

돌아가지 않아도 되는 거였다.

다음날 점심이 되자 텐트로 뒤덮여 있던 자라섬에 땜통이 하나 둘 생기기 시작했다. 잠깐 씻고 청소하고 밥 먹고 설거지하고 나니 드문드문 몇 개의 텐트와 몇 명의 캠퍼들만이 남아 있었다. 축제는 끝났다. 담도 벽도 없이 텐트천 하나로 모르는 사람과 이웃이 될 수 있었던 그 가까운 거리는 다시 멀어졌다. 본디 거리를 되찾았다. 이 축제가 시작될 때 우리는 줄로 구분된 땅에 텐트를 치고 자신의 물건들을 꺼내 예쁘게 늘어놓았다. 도둑맞을 걱정도 없었다. 그렇게 무언의 캠핑 예의를 지키던 사람들은 짐을 싸서 집으로 돌아갔다.

오후 3시쯤 되자 잔디밭에 우리 밴만 덩그러니 남았다. 맨발로 나와 잔디밭을 서성거렸다. 헬리캠을 꺼내 허감독이 우리 둘을 찍었다. 높이높이 띄워 자라섬의 개미처럼 보이는 우리를 찍었다.

하나의 축제를 끝내고 멀어진 사람 사이의 거리와 마음의 빈자리를 실감하는 내게 허감독이 뜻밖의 제안을 했다.

"전주 국제영화제 갈까?"

이맘때부터였다.

다음 목적지까지 얼마나 걸리는지 미리 알아보지 않고 막바로 떠나기 시작한 것이. 아무리 멀어봤자 전국이 차로 다섯 시간 안쪽인데다가 우리는 급히 가야 할 필요도 없었다. 무엇보다 돌아갈 집이 바로 등에 붙어 있다.

"우리 진짜 거북이 같다!"

운전에 집중하는 허감독의 오른뺨을 쳐다보며 나는 외쳤다.

문을 열면 딴 세상!

그것을 만나기 위해 끊임없이 움직여야 하는 건,

결국 우리 자신이었다.

거북이였다. 우리는 걷다가 고개만 쏙 넣으면 안락한 거처가 생기는 거북이의 삶을 살고 있었다. 그러니 목적지만 정하면 그만이었다. 집을 등에 지고 살아가는 우리는 실로 행운아였다.

늦은 밤 전주에 도착해 콩나물국밥 한 그릇씩을 뚝딱하고 가맥(슈퍼에서 간단히 맥주를 마실 수 있는 전주의 가게 맥줏집)에서 황태구이를 한 마리 포장해 시내에서 가까운 전주 천변 주차장에 밴을 세웠다. 맥주 한 캔과 함께 야무지게 먹었다. 전주는 내가 고등학교 시절을 보낸 곳이었다. 과거의 나와 거리가 가까워졌다.

다음날 3년 동안 전주에 살았으면서도 한 번도 안 먹어본 전주 비빔밥을 먹으러 유명하다는 맛집을 찾아갔다. 대기줄이 흡사 개미들의 대이동 같았다. 재빨리 다른 곳을 찾았다. 역시 3년 동안 살면서 한 번도 안 먹어본 한옥마을 근처 칼국수 집으로 향했다. 가는 길도 칼국수 집도 인파로 넘쳐났다. 지금이 연휴 기간이라는 걸 새카맣게 잊고 있었다.

예전에 살았던 전주가 지금은 여행지가 되었다. 브랜드 상점이 즐비한 시내 거리를 걷는데도, 영화의 거리에서 예전에 먹어본 꽈배기를 물었는데도, 편의점에서 맥주 한 캔을 사서 한산한 밤거리를 걷는데도 낯설었다. 모두가 여행이었다.

원하던 바였다. 낯섦을 찾는 여행은 우리나라에서도 가능했다.

우리 둘만으로는

연천군 주상절리의 고독

경기도 연천군 동이리 주상절리(화산에서 분출한 용암이 지표면에 흘러 식으면서 생긴 다각형의 기둥) 바깥은 별빛과 달빛을 제외하고는 빛이 없었다. 사방이 캄캄했다. 평온했던 낮과 달리 바람이 제법 거셌다. 그래서인지 밴 바로 앞 얕은 강에 흐르는 물소리도 제법 크게 들렸다. 불현듯 세상에 우리 둘뿐이라면 살 수 없을 것이라는 생각이 들었다. 어둠 속 그 넓은 지대 위에 오직 우리뿐이라 조금 무서웠다.

내일은 밴에 손님이 온다. 첫 인터뷰다.

이튿날 일어나자마자 밴의 창문과 문을 모두 활짝 열고 환기를 시켰다. 샤워를 마치고 젖은 커튼을 창문 밖으로 꺼내 말렸다. 시간은 금세 흘러 머리가 채 마르지 않았는데 약속시간이 다 되었다. 오후 1시에 도착한 세 분의 손님은 집에 대한 우리의 생각을 취재하기 위해 방문했다. 봄에서 여름으로 서둘러 달려가려는 뜨거운 햇살 아래서 반짝이는 강물과 주상절리를 바라보며 그분들도 여행 온 기분이라고 했다. 쿠키와 음료수 빼고는 준비한 게 딱히 없었는데 기특하게도 그날의 우리집 마당이 제 몫을 다했다.

서로의 이름과 안부, 사담을 나누며 어색한 벽을 허물고 인터뷰를 시작했다. 왜 프로젝트 이름이 '커플의 소리'인지, 왜 캠핑카에 살게 되었는지, 준비 과정은 어떠했고, 밴라이프를 시작했을 때 주변의 우려는 없었는지, 가족과 삶의 의미는 무엇인지 등등…… 말을 꺼내고 보니 허감독과 내가 번갈아가며 곱씹던 생각들이 조금 더 단단해져 있었다.

대화가 길어져 차가 막히기 시작할 퇴근시간 무렵에 그들은 서울로 출발했다. 북적대던 밴이 일순간에 고요해졌다. 다시 우리 둘만 남았다.

누군가의 이야기를 들어주는 맘이 어떤지 안다. 누군가의 이야기를 들으려는 맘이 어떤지도 안다. 그래서 더 많이 열어 보였다. 많은 이야기를 들려드리고 싶었다.

듣고자 하는 사람은 말할 줄도 알아야 하고, 말하고자 하는 사람은 들어줄 줄도 알아야 한다는 걸 깨달은 지 얼마 되지 않았을 때

차린 건 없지만 그날 우리집 마당이 된
주상절리가 멋지게 손님 접대를 했다.

였다. 하나만 잘하면 한쪽 어깨만 쓰는 투수처럼 아프다. 그래서 더 많이 듣고 더 많이 뱉기로 했다. 고운 말이든 아픈 말이든 진심을 더 많이 꺼내기로 했다. 다른 누구보다 우선 1년 365일 함께 지내는 서로에게. 말하지 않아도 알 수 있는 건 세상에 그리 많지 않다.

처음 만나는 이들을 밴으로 초대한 것은 처음이었다. 인적 드문 곳에서 만나는 사람이 참 반가웠다.

우리 둘만으로는 살아갈 수 없다. 빈자리에 들었던 36.5도의 체온이 그리웠다. 외로움과는 다르다. 자연도 좋지만 사람도 좋다. 함께 나눌 수 있는 사람이 있을 때 자연은 더 아름답게 보인다. 사람은 사람과 함께여야 한다.

불안, 안정, 모험

양양 하조대 해수욕장의 노마드

강원도 양양의 거센 아침 바닷바람에 이따금 밴이 몹시 흔들렸다. 자연에, 바람에 간이 쪼그라들고 심장이 뜀박질하는 걸 느끼면서 '한낱 인간'이라는 말이 떠올랐다.

어딘가를 떠돌다가도 결국 서울로 돌아가게, 아니 서울에 가게 되곤 했다. 물론 일 때문이었지만, 미팅을 마친 후에는 자석처럼 우리를 끌어당기는 서울에서, 그 '안주'와 '익숙'으로부터 재빨리 탈출하기로 다시금 맘을 다잡았다. 그래서 서울에서 일을 마치자마자 늦은 밤 강원도 양양으로 이사를 시도했다. 중간에 졸음이 쏟아져 홍천 휴게소 버스 주차장에서 잠을 자고, 아침에 다시 출발해 양양 하조대 해수욕장에 도착했다. 이틀에 걸쳐 천천히 이사하기. 어디서든 잘 수 있어 가능한 일이었다.

점심쯤 되자 오가는 사람 하나 없었고, 바람도 이내 잠잠해졌다. 쨍한 햇살 아래서 느슨한 시선으로 창문 너머 바다를 바라보다 허감독은 베를린에서 찍어온 뮤직비디오를 편집하고, 나는 비하인드컷과 앨범 재킷 사진을 정리했다. 손발이 뜨거워졌다. 여름이 성큼 다가오고 있다는 알람이었다.

모니터에 고정시킨 눈근육이 떨려오면 그저 창문 너머로 시선을 보내면 그만이었다. 오래 앉아 구겨진 다리는 문을 열고 해변을 따라 걸으면 회복되었다. 문을 열고 나가 여행자의 가슴을 가지면 새로운 여행이 시작되었다.

아무리 생각해도 베를린에서 찍은 뮤직비디오를 양양의 해수욕장에서 편집하는 건, 너무나 신나는 일이었다. 디지털노마드, 떠돌면서 일하고 일하면서 떠돈다. 장소에 구애받지 않고 일하고 논다.

지금 우리집은 전국 방방곡곡이다. 그런데도 서울로 향할 때면 무의식적으로 서울로 '돌아간다'는 말을 쓰곤 했다. 돌아갈 곳이 있다는 건, 안정된 삶의 증거였다. 그렇다면 우리는 불안을 떨치고 싶었던 걸까?

작고 작은 우리집에서 편안하게 머물다가도 덩치 큰 바닷바람이 지나가며 밴을 뒤뚱거리게 만들면 별거 아니라 생각하면서도 조금은 불안해졌다. 그러면 애써 다시 마음을 다잡았다.

"서울로 자꾸 돌아가지 말자, 우리!"

아직 우리는 안정보다 모험이 좋다.

모니터에 고정시킨 눈근육이 떨려오면

그저 창문 너머로 시선을 보내면 그만이었다.

VANLIFE

미니멀라이프 in 밴라이프

길에서 받은 우편물

처음에는 공장에서 나온 매끈한 밴에 우리만의 온기를 입히려면 무엇을 더해야 할까를 생각했다. 어느 날 거실의 테이블에 마주앉아 압력밥솥 꼭지가 돌아가는 소리를 들으며 '더 필요한 건 없나?' 서로에게 물었다가 질문을 바꾸었다.

"더 뺄 게 없을까?"

제한된 공간에는 물건이 아닌 우리가 살아야 했다. 우리를 위한 물건, 최대의 쓸모를 가진 최소한의 물건만 가져야 했다. 서로에게 여러 번 묻고 동의를 구한 후에야 새로운 물건이 밴에 들어올 수 있었다.

창작은 더이상 뺄 게 없을 때 가장 완벽해진다고들 한다. 더하는 건 쉽지만 빼는 건 정말 어렵다. 창작 얘기가 나와서 말인데 그 무엇보다 가장 위대한 창작은, 자신만의 삶을 완성하는 것이다. 그러므로 삶도 더이상 뺄 게 없을 때 가장 완벽해질 것 같다.

소유하고 있는 것 중에 물건과 물질을 뺐을 때 진짜 자신의 모습이 드러날 것이다. 그렇게 생각하면 등에 소름이 돋고 정신이 바짝 곤두선다. 우리가 순수하게 우리 자신으로 남을 수 있을까. 이러한 고민 끝에 우리는 경험과 여행을 선택했고, 그것은 물건을 가지는 것보다 훨씬 더 많은 가치를 남겼다. 우리의 감각으로 세상을 만지고 느껴나가는 것, 그렇게 우리의 세상을 만들어가는 것에 집중하게 되었다. 하지만 손에 잡히지 않는 무형의 작업(영상과 글)에 집중하다보니 몸으로 하는 활동에 갈증이 생기곤 한다. 건강을 위해, 균형을 위해 몸을 움직여야 한다.

기다리고 기다리던 접이식 카약이 오늘 미국에서 도착했다. 배송기사님과 접선하여 이태원 앤틱 거리 한복판에서 받았다.

카약의 가격은 만만치 않았고 배송도 수월하지 않았다. 배송국가를 한국으로 설정하면 온라인에서 결제도 배송도 진행되지 않아서 근 한 달간 페이스북 메신저로 카약 회사 직원과 여러 차례 대화를 나눈 후, 드디어 이날 접이식 카약을 품에 안게 된 것이다.

캠핑과 아웃도어에 관심이 많은 허감독은 접이식 카약 크라우드 펀딩이 열렸을 때부터 갖고 싶어했지만, 여러모로 부담스러워서 몇 년 동안 구입을 망설였다. 하지만 밴라이프를 시작하면서 꼭 카약을 저어 강과 호수, 바다를 여행하고 싶다고 했다. 몸과 시선의 높이를 낮추고 완전히 다른 움직임으로 물위에 떠 있고 싶어했다. 나는 그의 꿈을 지지하기로 했다.

한강 잔디밭에서 카약을 한 차례 조립해보았다. 십 분 정도면 네모난 박스가 기다란 카약이 되었다. 허감독의 버킷리스트 중 하나인 '카약으로 우리나라 여행하기'를 이루기 위해 우리는 카약을 띄울 첫 장소를 찾기 시작했다.

한강 잔디밭에서.

그는 카약을 조립하고

나는 카약을 띄울 장소를 찾았다.

이렇게 사는 이유

우리와 밴의 Story, History

2009년 어느 날 허감독이 내게 물었다. 아무것도 생각하지도, 미리 걱정하지도, 현실과 조건이라는 필터에 걸러내지도 말고, 정말 하고 싶은 일, 살면서 꼭 이루고 싶은 꿈이 무엇인지 말해보라고 했다.

양옆을 보지 못하도록 눈 옆에 가리개를 한 채 정면만 보고 달리는 경주마처럼 뮤지컬의, 뮤지컬에 의한, 뮤지컬을 위한 하루하루를 살고 있을 때였다. 당황스러웠다. 대답까지는 꽤 오랜 시간이 걸렸다.

"여행하고 싶어. 글을 쓰고 싶고 노래하고 싶어."

이 말에 돌아온 대답은 "하자!"였다.

밴에 붙인 우리나라 지도.

여행한 곳의 금박을 벗기면

색이 나타난다.

허감독이 자주 하는 말이 있다.

"놀아도 좋고, 여행해도 좋고, 사람을 만나는 것도 좋고, 아무것도 안 하는 것도 좋아. 뭘 해도 좋은데 그렇게 보내는 시간들이 그냥 사라지는 게 힘들어. 그렇게 날아가는 게 너무 아까워."

우리가 우리 자신을 기록하기 시작한 이유 중 하나다. 사소한 흔적과 순간의 이야기story를 기록하고 시간과 함께 켜켜이 쌓아가면 우리만의 역사history가 되리라 믿었다. 누구와도 같을 수 없는 우리만의 역사.

삶이 여행이 되었으면 했다. 여행이 삶이 되길 원했다. 여행이 곧 삶이고, 삶이 곧 여행이니까. 우린 잠시 세상에 여행 온 것뿐이니까. 매 순간의 영감을 글과 노래로 담아두고 싶었다. 그게 다였다.

그렇게 시작되었다.

그때의 내 대답에 기꺼이 함께하겠다고 말한 허감독은 실제로 매 순간 나와 함께 여행해주었고, 글을 쓰게 도와주었고, 함께 노래를 만들어주었다. 그리고 기록에 의미를 두며, 우리의 역사를 시작했다. 거창할 것 하나 없고, 거창해지려고 노력하지도 않는다. 그저 아주 단순하게 우리 '자신'이고자 하는 것뿐이다. 남이 아닌 나에게 뿌리와 기준을 두고, 간절히 원하는 것을 찾아가고, 하나씩 실천해 나가기 위한 용기를 내고, 스스로를 토닥여가는 것뿐이다.

매번의 토닥임이 곧 '시작'인 것이다.

카약을 띄우다, 꿈 위에 올라타다

여주 강천섬에 띄운 작은 배

카약을 띄울 맘을 먹고 가을이면 은행나무로 노랗게 물든다는 경기도 여주 강천섬 강변에서 이틀을 보냈다.

이른 오후, 흐뭇한 표정으로 허감독이 밴을 나섰다. 나는 밴 문턱에 걸터앉았다. 접혀 있던 카약을 펴고 조립을 시작하는 그를 보았다. 우린 둘 다 반바지 차림이었다. 5월의 마지막날은 봄이 여름에게 자리를 내어주는 날이었다.

카약이 제 모양을 갖추자 그는 구명조끼를 챙겨입었다. 카약을 들고 강가로 향하는 그의 뒷모습은 즐거운 작당에 한껏 들뜬 어린아이 같았다. 캠핑의자와 카메라를 들고 그 뒤를 따라갔다.

ORU KAYAK

카약을 물위에 띄웠고, 그가 카약에 올라탔다. 노로 육지를 밀더니 서서히 나에게서 멀어졌다. 드디어 카약도 그도 물위에 떴다. 주위는 알프스, 독일 로젠하임의 강가 풍경 못지않게 아름다웠다. 녹색의 낮은 산으로 둘러싸인 강변에는 바람 한 점 없었다. 사람도 오가는 배도 없이 그와 카약 그리고 나뿐이었다. 그는 유유자적 노를 저으며 해맑은 표정으로 물위를 오갔다. 답을 알면서도 큰 소리로 물었다.

"좋아요?"

"네! 진짜 좋아요!"

밴라이프를 계획할 때 가장 기대했던 액티비티 중 하나가 카약이었다. 2013년 유럽여행 때 체코 체스키크룸로프에서 카약을 처음 탔다. 물을 무서워하는 나는 오들오들 떨면서 카약에 올랐지만 오 분도 채 되지 않아 잔잔한 강물의 흐름에는 몸을, 걸어서는 결코 볼 수 없는 처음 보는 황홀경에는 맘을 빼앗겼다. 그때의 경험을 이어가고 싶어 밴라이프를 준비하면서 세 달 동안 수영을 배웠다. (허감독은 어렸을 때 수영을 배웠고, 잘한다.)

지구의 70%가 바다인데 수영을 하지 못하면 세상의 많은 풍경을 놓칠 것 같았다. 이번 생에 지구를 조금이라도 더 탐험할 수 있는 방법 중 하나가 수영이었다. 물이 발에 닿는 것조차 두려웠는데 이젠 물이 보이면 뛰어들고 싶다. 카약을 탈 수 있는 용기가 생겼다.

그가 탄 카약이 육지로, 내게로 다가왔다.

"타볼래요?"

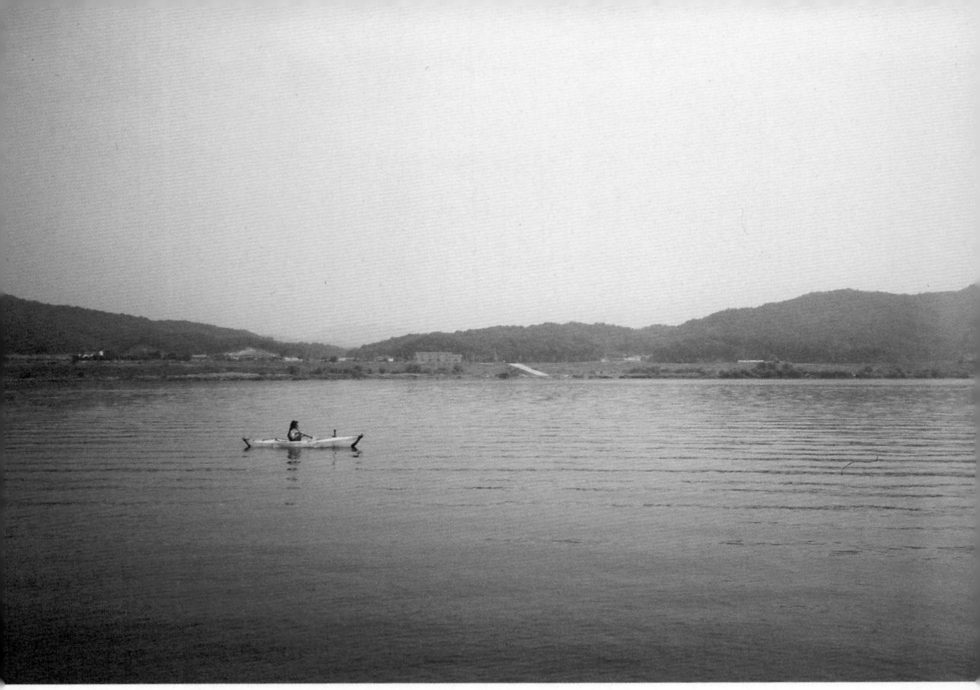

걷기로는 결코 볼 수 없는

처음 보는 황홀경에 맘을 빼앗겼다.

밴으로 뛰어가 구명조끼를 입고 머리를 높이 묶었다. 길고 묵직한 숨을 한번 몰아쉬고 카약 위에 올라탔다. 비장했다. 수영을 할 줄 알게 되었지만 여전히 물속에서 발이 땅에 닿지 않는 공포는 쉽게 극복되지 않았다. 카약이 육지에서 멀어지기 시작했다. 잔뜩 겁을 먹었다. 심장 뛰는 소리가 온몸을 두드리는 것 같았다. 천천히 노를 저었다.

이내 내 시각과 청각에 가득 차오르는 '처음'인 감각들. 물위에서만 볼 수 있는 장면들. 물위에서만 들을 수 있는 소리들. 조금 더 용기를 내 힘차게 노를 저었다. 세상의 많은 것들은 스스로 움직여야만 얻을 수 있다. 그냥 얻을 수 있는 건, 하나도 없다.

무사히 혼자만의 항해를 마치고, 둘이 함께 카약에 올라탔다. 둘이 동일한 힘을 주고 균형을 잡아야 하기 때문에 카약이 약간 기우뚱거렸다. 내가 잔뜩 겁을 먹고 '으아악' 소리를 질렀다. 잠시 후 카약이 안정을 되찾았고, 그가 천천히 노를 저어 밴으로부터 조금씩 멀어졌다. 꿈에 그리던 상상이 현실이 되었다. 십오 분 넘게 노를 저으며 물위를 오가다가 뭍으로 나왔다. 첫 카약에서 내린 허감독은 땡볕에 젖은 몸을 말리는 카약을 오래도 바라보았다. 이제 진짜 완벽한 여행을 할 수 있을 것 같은 배부른 표정으로.

여름을 목전에 두고 우리는 그렇게 첫 카약을 띄웠다.

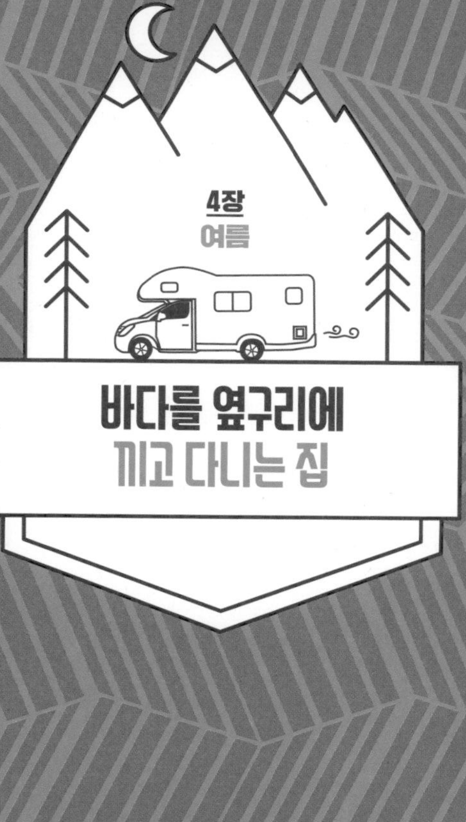

4장
여름

바다를 옆구리에 끼고 다니는 집

큰길은 밴, 골목은 자전거

자전거 골목여행

처음으로 돌아가는 것은 어렵다. 어떤 면에서 처음 그 모습 그대로 돌아간다는 것은 다시 태어나지 않는 이상 가능하지 않다.

여주 이포대교 아래에서 베이킹파우더에 물을 묻혀서, 과거엔 흰 고무신처럼 하얬지만 지금은 때가 타서 잿빛이 된 컨버스 운동화를 꼼꼼히 덮었다. 혹자의 정보에 의하면 이렇게 하면 물을 마구 쓰거나 칫솔로 힘들게 문지르지 않아도 새 운동화처럼 깨끗해진다고 했다. 선루프를 열고 밴 옥상에 하루 동안 운동화를 널었다.

다음날 눈뜨자마자 선루프를 열었다. 물에 젖은 책을 햇볕에 바짝 말린 듯 빳빳한 운동화가 손에 잡혔다. 베이킹파우더를 털었다. 운동화는 완전히 새것처럼은 아니더라도 그런대로 제 색깔을 되찾았다. 그래도 처음과 똑같이 돌아가는 것은, 돌리는 것은 어렵다. 마음도 물건도 자연도 관계도 건강도 인생도.

벼르고 별러 산 카약만큼 내내 가지고 싶었던 자전거가 있었다. 밴라이프를 시작하면서 어느 마을에 밴을 정차하고 나면 작은 배낭에 물 한 병 넣어 둘러메고 자전거로 동네를 산책한 후에 장을 봐서 밥을 해 먹으면 좋겠다고 생각했다. 시작부터 함께하진 못했지만, 드디어 오늘 우리는 똑같이 생긴 자전거 두 대를 품에 안았다. (맘에 드는 자전거를 갖기 위해 돈을 모으는 데 시간이 좀 걸렸다.)

밤도깨비 시장이 열린 반포지구를 지나 반포대교에 딸린 작은 섬으로 향했다. 이름은 서래섬. 예전에 살던 동네도 다녀왔다. 많은 추억을 쌓았던 그곳에 새로 산 자전거로 다녀왔다.

엉덩이가 욱신댈 때쯤 밴으로 돌아왔다. 오래간만의 운동으로 단단해진 허벅지를 만지작거리며 “이렇게 좋은데 처음부터 자전거를 사가지고 밴에 들어올걸!” 하고 말했다. 그가 고개를 끄덕였다.

처음으로 완벽하게 돌아가는 것은 불가능하다. 그러나 오늘 이 순간이 그 모든 것의 시작이라 믿고 첫 마음으로 살아가는 것은 가능하다. 오늘은 밴라이프 속 자전거 여행의 첫날이었다.

뒤꽁무니에 달린 자전거 두 대와

접이식 카약으로 갖는

이런저런 높이의 시선.

집에 대한 철학

허감독과 다섯 살 조카의 대화

조카_ 삼촌은 왜 튼튼한 집이 없어요?

허감독_ 밴이, 이 캠핑카가 집이야.

조카_ 아니, 이거는 차잖아요. 차 말고 집! 튼튼한 벽으로 된 집이요!

집은 튼튼해야 한다는 조카의 말에 오랜만에 또 생각에 빠져들었다. 집은 어린 조카에게도 안전이자 안도이자 안정의 상징이었다.

집. 우린 어떤 집을 갖고 싶지? 집을 꼭 가져야 할까? 평생 집을 빌려 살면 안 될까? 어떻게 될지 몰라 불안할까? 집을 갖게 되면 인생의 불안이 사라질까? 안정을 얻고 자유를 잃으면 어떡하지?

점점 구체적이고 본질적인 물음으로 우리의 의견을 캐물었다. 끝내는 많은 사람들이 소유하거나 임대해서 살고 있는 우리나라의 집들을 머릿속에 떠올렸고, 밴을 집 삼아 사는 1년의 시간이 끝나면 어디로 가야 할지의 고민에 이르렀다.

돌아갈 곳은 없었다.

여름 가을을 보내고 겨울을 난 후 다시 봄의 초입에 이르면 밴에서의 생활도 끝날 것이었다.

집을 갖게 되면 인생의 불안이 사라질까?

안정을 얻고 자유를 잃으면 어떡하지?

반드시 기억하고 싶은 하루

해미읍성, 우리나라의 재발견

지난밤 서울에서 도망쳐 충청남도 서산에 갔다. 해미읍성 안으로 들어가 아픈 이야기 속을 걸었다. 1866년 병인박해 때 고문당하고 죽어간 천주교 순교자들의 이야기가 복원된 읍성과 터 안에 고요히 잠들어 있었다. 읍성 안에 넓게 깔린 푸른 잔디밭과 드문드문 자리한 초가집, 처형할 때 쓰였다는 300살 정도로 추정되는 회화나무 한 그루. 넓은 터 안에 10명이 채 안 되는 사람들이 산책하고 있었다. 아픔이 가득한 공간의 오후를 걷는 사람들.

그들은 그들을 죽인 사람들을 용서했을까?

읍성 건너편 시장을 자전거로 한 바퀴 돌고 곧장 인터넷에서 우

연히 보았던 사진 속 장소, 용유지로 향했다. 용비지로도 불리는 그곳은 용들이 놀았다는 전설이 전해지는 저수지이다. 초원에 둘러싸인 큰 물웅덩이의 반영을 직접 만나고 싶었다.

용유지로 향하는 길은 흡사 제주도에 있는 듯한 착각이 들게 했다. 넓은 초원과 짧은 초록잔디를 머리에 얹은 오름처럼 생긴 동산들이 저수지 주변을 포근하게 둘러싸고 있었다. 뱀이 숨어 있을 것만 같은 좁은 풀숲길을 따라가다 돌계단을 올랐다. 기대감에 발걸음이 빨라졌다. 하지만 마지막 계단을 딛고 마주한 그곳은 너무나 참혹했다.

충남 지역의 가뭄이 심각하다는 뉴스를 여러 차례 접했는데, 우리는 그 광경을 직접 보게 되었다. 저수지는 활동을 멈춘 화산의 분지 같았다. 물 한 방울 찾아볼 수 없었다.

밴라이프는 당연하다고 생각했던 것들이 실은 당연하지 않다는 사실을 번개처럼 깨닫게 해준다. 전기, 수도, 난방, 정화조 등 생활의 편의시설은 누군가의 노력과 역할에서 오는 것이었음을 실감하게 한다. 메마른 저수지는 자연이 주는 만큼 우리가 돌려주지 못한다면, 곧 인간이 당연하게 받아왔던 것을 받지 못하게 될 때가 올 것이라 예고하고 있다. 인간에게 퍼부어주던 자연이 빠른 속도로 등을 돌리고 있다. 두려워해야 할 일이다.

구겨진 신문지처럼 마음이 우울해졌다. 그 맘을 백제 의자왕 시절에 창건된 절, 개심사에서 위로받았다. 입구 어귀의 오래된 솔숲을 지나 굽이굽이 돌아 난 오르막길을 가다보니 순식간에 과거 속으로 빨려들어갔다. 이내 오르막길 끝에 오래된 사찰이 점잖게 등장했다. 걸음이 느려졌고 마음은 차분해졌다.

우리나라를 다시 보고 싶었다. 우리의 뿌리를 더 알고 싶고 더 많이 사랑하고 싶었는데, 꼭 끌어안고 안기고 싶은 공간을 드디어 만났다.

비뚤비뚤 자연스럽게 뒤틀린 건물, 배가 잔뜩 부른 나무기둥, 바랜 색감. 자연과 어색함 없이 어우러진 세월의 흔적, 냄새, 그 앎음이 아름다웠다. 그 모습 자체가 큰 위로와 힘이 되어 온몸에 스며들었다.

자연스럽고 싶다.

결국 모든 인간은 마지막에 자연으로 돌아가 자연의 일부가 된다. 살면서도 자연스러웠으면 좋겠다. 그러기 위해 지금 이 순간을, 자연스럽게 잘살아가고 싶다.

해미의 한 면사무소에 잠시 밴을 세웠다. 현관문을 활짝 열고 환기를 시키며 다음은 어디로 갈까 고민하고 있는데, 길 가던 할머니 한 분이 우리 밴을 봉사 나온 보건소 차량으로 착각하셨다. 여러 번 둘러보고 나서야 보건소 차가 아니라는 걸 인정하셨고, 집으로 돌아갈 버스가 오십 분 후에 있는데 점심을 안 먹었다 하셨다. 두유 하나와 사과 한 알을 건네드렸다. 고맙다면서 한마디하셨다.

"아무리 봐도 보건소 차고만!"

자연스럽고 싶다.

이 순간을,

자연스럽게 잘살아가고 싶다.

전국 떡볶이 기행

충남 서산의 얄개분식

전국을 여행하면서 우리가 가장 좋아하는 음식을 각 지역에서 먹어보기로 했다. 우리가 가장 좋아하는 음식은 떡볶이였다. 수소문해보니 서산에 '얄개분식'이라는 정겨운 이름의 분식점이 있었다. 이름에서부터 진국의 맛이 느껴졌다.

얄개분식은 해미 읍내의 골목에 있었다. 그 골목 초입의 양복점 나이에 놀라 발걸음을 멈추고 카메라 셔터를 눌렀다. 분식점도 마찬가지였다. 가게에 세월이 묻어 있었다. 그 자체로 역사였다. '이대로 이곳에 100년 넘게 있어주세요!' 외치고 싶어졌다.

예상과 달리 젊은 남자 사장님이 우리를 반겼다. 진짜 주인인 어머님이 몇 년 만에 여행을 떠나서 지금은 아들이 대신 지키고 있다

서산 얄개분식.

밴라이프를 하면서 전국 떡볶이 기행을 다녔다.

고 했다. 유쾌하고 밝은 분이었다. 모둠떡볶이 2인분을 주문했고, 허감독은 그가 홀로 떡볶이를 조리하는 동안 말동무가 되었다. 그의 실제 직업은 배우라고 했다. 탁구 10세트를 쉼없이 친 것처럼 대화가 오고갔다.

가게엔 우리뿐이었고, 그는 할 얘기가 많아 보였다. 37년 된 작은 가게의 유리문을 비집고 스며든 노을빛을 바라보며 중학교 시절 학교 앞에서 먹던 맛과 비슷한 떡볶이를 국물까지 싹싹 긁어먹었다. 떡볶이는 사랑이다.

사장님이 달달한 믹스커피 3잔을 들고 조심스럽게 우리에게 다가왔다. 커피를 마시며 스스럼없이 대화를 나눴다. 근황, 덕담, 공감 등 처음 만나는 사람과 나눌 법한 화제와 오래된 친구에게만 털어놓는 속깊은 이야기들이 동시에 오갔다. 오래된 읍내 골목을 재개발할 것 같다는 안타까운 이야기 하나를 제외하면 완벽한 대화였다.

여행이 끝나고 시간이 흘러도 오래도록 기억 속에 남아 있는 건 그곳에서 만난 사람, 사람과 나눈 시간이다.

수박 한 통을 사들고 친구의 집으로 향했다. 분식점에서 수다가 길어지는 바람에 미리 알린 시간보다 늦어져 마음이 급했다. 황락 저수지 초입에 이르자 첩첩산중에 어우러진 3층 건물이 멀리 보였다. 차도 변에 적당하게 자란 나무들이 충청도 특유의 느릿한 말투로 어서 오라 환영해주는 것 같았다.

친구의 집은 아름다웠다. 환한 웃음으로 반갑게 맞아주신 어머님은 직접 커피를 내려주셨다. 저수지의 가뭄을 목격하고 가라앉았던 마음에 맑은 물이 차올랐다. 친구의 어머님은 이틀 동안 편안한 시간을 보내라는 말씀과 함께 넓고 편안한 객실을 선물해주셨다.

갈수록 어디에 머물든지 내 집처럼 편안하다. 어디를 가나 내 집이 되었다. 어느 공간에 있든 마음을 푹 놓을 수 있는 능력이 생겼다.

"어디에서 머물든 편안히 머물 수 있는 능력을 갖게 된 것 같아!"

우리는 어디에 누워도 참 잘 잤다.

갑자기 물이 나오지 않았다

중간 점검

물이 나오지 않았다. 뜨거운 물이 콸콸 쏟아지던 샤워기와 싱크대 수전, 변기의 물내림 버튼은 파업중이었다. 석 달 동안 아무 문제가 없었는데 당황스러웠다.

아침 미팅을 마치고 서울에 있을 때 가끔 들르는 목욕탕에 다녀왔다. 씻고 나서 오후엔 뮤직비디오 미팅을 다녀왔다.

중간 점검이 필요한 때였다. 밴도, 우리도.

그동안 스펀지가 물을 빨아들이듯 밴라이프가 우리 삶에 스며들었다. 밴에 있을 때의 동선, 각자의 자리, 공간의 쓰임 등이 제대로 정착해 있었다. 정말 집처럼 편했다. 집이었다.

물탱크에 생활용수를 채우고, 시동을 걸거나 전원을 연결해 전기를 공급하고, 휴대폰 테더링으로 인터넷을 연결해 일을 처리하거나, 빨래를 들고 코인 빨래방을 찾아야 하는 불편함들은 당연하게 여겨온 것들에 당연하지 않은 과정이 있다는 사실을 깨닫게 하는 채찍이었다. 정신을 바짝 차리곤 했다.

갑작스러운 단수로 인해 밴과 밴에 깃들여 살고 있던 우리를 점검했다. 때로 왜 달리고 있는지, 과연 잘 달리고 있는 건지 들여다보는 시간들이 분명히 필요하다.

잠깐 멈춰 섰다가 달려도 아무 일도 생기지 않는다.

아무도 뭐라 하지 않는다.

KAYAK

잠깐 멈춰 섰다가 달려도
아무 일도 생기지 않는다.
아무도 뭐라 하지 않는다.

화장을 지운 서울의 민낯

한여름밤의 여유

여름이다. 밤이 지나고 아침이 오면 운전석 위 벙커 침실의 온도가 하염없이 올라갔다. 더위에 젖은 얼굴로 잠에서 깼다. 벙커에서 빠져나오는데 띠링! 재난경보 문자가 왔다. 폭염주의보였다. 밴라이프의 절정인 한여름이 시작되고 있었다.

운전석과 생활공간을 구분하는 담요를 젖히고 차량의 에어컨을 틀어 더위를 식혔다. 잠시 후 에어컨을 끄고 주방 환풍기를 켠 채 선루프를 활짝 열자 시원한 자연풍이 밴 안을 가득 메웠다.

밴라이프를 이어가면서 온오프라인으로 이런 얘기를 많이 들었다.

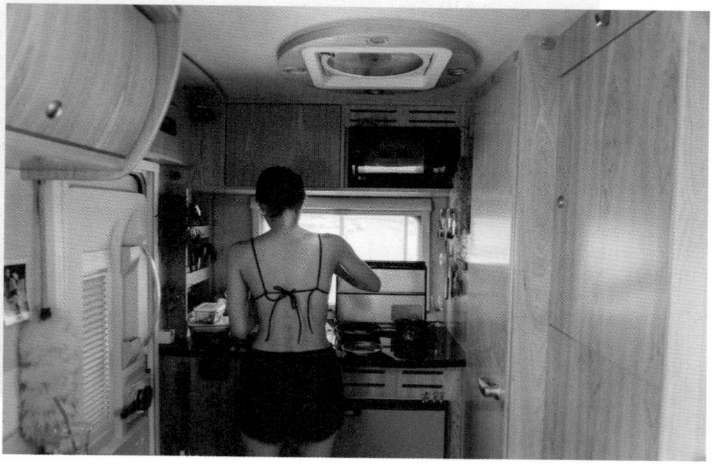

“여유로워 보여서 좋아요.”

“여유 있어서 좋겠어요.”

우리는 여유가 있는 게 아니라 여유를 만들어가는 중이었다.

며칠 동안 일하느라 안쓰럽게 노트북에 고개를 묻고 있던 허감독이 내게 말했다. “땀흘리고 싶어.” 고심 끝에 밴 뒤편에 고정해놓은 접이식 자전거를 밴에서 분리했다.

한 번도 가본 적 없는 길이었다. 슬렁슬렁 가볍게 타던 자전거의 페달을 할 수 있는 한 힘껏 밟아보았다. 그 밤, 그 길은 정신없이 흐르던 서울의 낮과 다르게 한적하고 차분했다.

서울의 하루 열기가 비 오는 날 먼지 가라앉듯 내려앉은 밤이었다. 새로운 서울을 보았다. 낯선 서울의 얼굴이 보였다. 서울의 야경이 아름다운 이유는 야근하는 사람들이 많아서라는 애달픈 이야기도 있지만, 그럼에도 아름다웠다. 어둠에 잠긴 서울은 정제된 몇 가지 색으로만 이뤄져 있었는데, 63빌딩 앞 한강철교 위에 노란 사각형 불빛이 줄지어 지나가며 무채색 서울에 밝은 색을 덧칠했다. 막차시간에 가까운 전철이 은하철도처럼 서울이라는 행성을 가로질렀다. 일정한 리듬으로 한강을 울리며.

여의도로 향하는 강변의 자전거도로와 산책로, 여름 밤바람에 부드럽게 살랑대는 강물결, 강 표면에 깊이 담긴 차가운 도시 풍경, 한밤의 여유 속에는 서울 사람들이 저마다의 모습으로 듬성듬성 위치해 있었다. 순간이동으로 다른 나라에 들어선 기분이 들었다. 특별히 의식하지 않고 살았던 서울이라는 장소가 한 번도 본 적 없고 가본 적 없는 낯선 모습을 하고 있었다.

페달을 더 힘껏 밟았다. 얼굴에 스치는 바람마저 새로웠다. 다음 길을 위해, 다음날을 위해, 우리의 새로운 '다음'을 기대하며 언제나 열심히 움직일 것을 다짐했다.

나에겐 이상한 확신이 있다.

대수롭지 않아 보이는 매 순간의 선택들이 팔짱을 끼고 합체하면 끝내는 내가 그리는 삶에 이를 것이라는 확신. 나의 선택 하나하나가 선이고, 그 선들을 이어나가면 결국 내가 원하는 그림이 될 것

페달을 더 힘껏 밟았다.

얼굴에 스치는 바람마저 새로웠다.

이라는 확신. 단, 그 선택은 타인에 의한 것이 아닌 오로지 나 자신의 선택이어야 한다는 조건이 있다.

이기적인 것이 아니다.

주체적인 것이다.

빗속의 운전사

운전석의 그, 조수석의 나

어두운 밤, 한줄기 한줄기 내리꽂는 폭우 속을 밴으로 달렸다. 목적지는 안동이었다.

치악 휴게소에 멈추기 전, 나는 운전을 도맡아 하는 허감독의 피로한 뒷모습과 눈앞에서 쉴새없이 좌우를 오가는 와이퍼와 앞유리에 떨어질 때마다 액체괴물 장난감처럼 몸을 길게 늘이는 굵은 빗방울을 묵묵히 쳐다보고 있었다. 기어가는 차들의 뒤꽁무니에 켜진 빨간 후미등만이 새카만 밤하늘 아래 유일한 빛처럼 보였다.

기타를 잡을 새도 없이 바빴던 이 무렵엔 허감독의 뒷모습을 볼 일이 많았다. 같은 인생을 살아가는 사람의 뒷모습은 메마른 눈가에 폭우를 불러온다. 아무리 '함께'라 해도 사람은 결국 저마다 끝까

밴라이프를 하는 동안

그의 뒷모습을 자주 보았다.

같은 인생을 살아가는 사람의 뒷모습은

메마른 눈가에 폭우를 불러온다.

지 외롭다는 걸 알기에 무엇을 해줘도 미안하고 한없이 모자라다.

어쩌면 '관계'라는 건, 애초부터 밑 빠진 독에 물 붓기일 수도 있다. 그러기에 차오름을 기대하지 말고 묵묵히 서로에게 부어줘야 할 것 같다. 아니 그래야만 한다. 사랑해왔고 사랑하는 사람들 모두에게.

허감독이 한 감동의 말

지켜보고 있다

"우리 사실 90세인데, 어마어마한 비용을 내고 지금 이 나이로 타임머신을 타고 온 거야. 청춘을 다시 살 수 있는 행운을 거머쥔 거지. 90세의 내가 '아, 그때로 돌아갈 수만 있다면 이걸 해야지!' 생각한 것들을 거리낌없이 선택하고, 우리가 진짜 원하는 것을 시도해야 해! 우리는 남들이 얻을 수 없는 큰 기회를 얻었으니까."

이 말과 함께 우리는 잠들기 전 펄펄 끓는 청춘솟을 남겼다.

90대의 우리가 지켜보고 있었다.

펄펄 끓는 청춘숏.

'지금, 오늘이 우리의 가장 젊은 날'이다.

자투리천 치마 입고 나풀나풀

안동의 시장과 동네 극장

치악 휴게소에서 잠을 깨어 안동으로 이사 왔다. 밴은 폭염 속 안동 구 시장 공영 주차장에 섰다.

허리가 조금 낙낙한 청치마로 갈아입고 시장 구경에 나섰다. 찜닭, 그다음 집도 찜닭, 그 뒷집과 건너편 집도 찜닭을 파는 시장 거리를 지나 떡볶이 골목으로 향하던 중 옷 수선 간판이 보였다.

"모아야, 여기!"

미싱으로 무언가를 박고 있는 주인아주머니에게 우리가 점심을 먹는 동안에 내 허리를 기둥 삼아 강강술래하는 이 치마를 수선해 주실 수 있는지 여쭤보았다.

"되는데, 그럼 그동안 뭘 입고 있지?"

"몸빼나 아무거나 뭐라도 주시면……"

아주머니는 자투리천으로 만든 치마 하나를 구석에서 꺼내주었다. 옷을 갈아입고 다시 시장 거리로 나섰다.

떡볶이 골목의 한 노점에 서서 떡볶이와 튀김을 깨끗하게 먹어치우고, 바로 옆 도넛 가게에서 천 원에 세 개인 찹쌀 도넛, 꽈배기 그리고 겉에 설탕을 잔뜩 뿌리고 케첩을 두른 핫도그를 사 먹었다. 찹쌀 도넛 하나를 덤으로 주셨다.

아주머니 솜씨로 엮은 자투리천 치마 패션으로 시장을 가로질러 주변 거리를 느린 걸음으로 산책했다. 허감독은 나를 위아래로 훑어보며 자꾸 웃었다.

"이게 진짜지!"

사는 것 같았다. 우리는 안동의 일상을 살고 있었다. 애써 준비하고 계획한 것들을 선택하지 않았다. 안동이 익숙해진 사람들이 보낼 법한 자연스러운 하루를 보냈다.

전국적으로 유명하다는 맘모스 제과에서 빵을 사들고 나와 다시 느린 걸음으로 시간을 보냈다.

그렇게 사십 분쯤 지났을까? 드디어 수선집으로 향했다. 시간을 덜 드린 건 아닐까 싶어 가게 앞을 어슬렁대다가 들어가보니 아주머니는 이미 다른 옷을 수선하고 있었다.

"다 됐어예!"

자신감 있는 목소리로 치마를 건네주시는 아주머니. 몸에 잘 맞아야 할 텐데 조금은 불안한 마음으로 천천히 갈아입었다. 와우! 아

한 마을의 일상으로 파고드는

가장 좋은 방법은

시장에 가는 것이다.

주 잘 맞았다. 6천 원을 아주머니에게 건네드린 후 잠시 나와 함께 했던 자투리천 치마와 작별했다.

안동의 자그마한 예술영화극장 중앙시네마에서 일면식 없는 세 명의 다른 관람객들과 함께 봉준호 감독의 〈옥자〉를 보았다. 오래된 극장의 환풍기 돌아가는 소음까지 사운드로 더해진 영화 관람. 운치 있었다.

영화를 보고 나오니 하늘은 하염없이 닭똥 같은 눈물을 쏟고 있었다. 비를 가르며 고등학교 때 다닌 문방구와 같은 이름의 가게에서 비닐우산을 하나 사들고 밴으로 돌아왔다.

애쓰지 않아도 물 흐르듯이 자연스럽고 즐거운 여행이 된 하루. 하지만 물 흐르듯이 가기 위해선 우리가 어떤 여행을 하고 어떤 삶을 살고 싶은지 원하는 바가 분명해야 한다.

VANLIFE

사람을 위한 집

안 동 의 한 옥

안동 400년 고택 '박산정'에서 하룻밤을 보냈다. 안동댐 건설로 수몰 위기에 처한 원래의 고택이 다른 터에 옮겨졌고, 지금은 과거의 시간과 현재를 아우르는 고택 체험을 위해 쓰이고 있는 한옥집

이었다.

손수 깎아 만든 대들보와 오랜 시간 지붕을 받치느라 구부러진 나무기둥, 규칙성을 갖고 있지만 기계로 찍어낸 것이 아니라서 조금씩 다른 모양의 나무판으로 짜인 마루, 일일이 두들겨가며 만들었을 철제 문 잠금고리와 그 위의 꽃모양 장식, 나이 많은 현판 등을 천천히 둘러보았다.

집에 사람이 맞춰 사는 지금과 달리 사람에 집을 맞춰 지은 옛 건축이 아름다웠다. 작든 크든, 못났든 잘났든 우리 선조들이 살던 집은 그들을 위한 맞춤집이었다. 요즘 말로 하면 오더메이드, 그들의 선택에 의한 집이었다.

그들의 키높이에 맞춰 보의 높이를 정하고, 그들의 취향에 맞춰 창과 마루, 구조를 정하고, 그들의 쓸모에 맞춰 흙과 나무, 기와를 얹은 사람이 주인공인 집. 한옥은 그러했다.

미처 알지 못했다. 미처 보지 못했다. 우리나라의 오래된 집이

그토록 아름답고 튼튼하고 유익하고 지혜롭고 주체적인 건축물인 줄은.

온 힘을 다해 경험해봐야겠다. 온 힘을 다해 보고 느껴야겠다.

주체적인 우리의 삶을 위해서.

자잘한 사고에 대처하는 기술

서울 초안산 캠핑장 가는 길

서울에도 캠핑장이 있는지 많이 찾아보곤 했다. 캠핑장은 있지만 캠핑카가 들어갈 수 있는 곳은 없었다. 그런데 최근에 캠핑카가 들어갈 수 있는 캠핑장이 생겼다는 기사를 발견했다. 바로 '초안산 캠핑장'이었다.

허감독이 1박을 예약했고, 체크인 시간 오후 1시에 맞춰 출발했다. 캠핑장에 거의 다다랐을 때 울퉁불퉁 공사중인 도로 위를 달리게 되었다. 밴 뒷부분이 심하게 꿀렁대더니 갑자기 차체가 바닥에서 높게 들리고, 이내 바닥에 추락하듯 바퀴가 닿더니 우장창창 소리와 함께 유리 파편이 날렸다. 싱크대 유리덮개가 산산조각이 났다. 나는 날카로운 비명을 꽥! 질렀고, 역시 놀랐을 허감독은 차분하게 나를 안심시켰다. 엉망진창이 된 주방을 야속하게 쳐다보았다.

캠핑장에 도착해 예약한 자리에 밴을 세우고, 여기저기 흩어진 유리 조각을 청소기로 여러 번 빨아들였다. 물티슈로 구석구석 걸레질을 하고 삼십 분 정도 움직이고 나니 아무 일도 없었다는 듯 평온이 찾아왔다. 불과 사십 분 전에 구겨졌던 맘이 서서히 펴졌다. 짜증이 피었던 얼굴에도 다시 웃음이 찾아왔다. 그늘막을 펴고 오랫동안 바깥공기를 맞지 못한 식물들을 꺼내주었다.

평일인데도 사람들이 꽤 있었다. 웃음과 평온이 찾아오자 허기도 덩달아 찾아왔다. 전자레인지에 햇반을 돌려 반찬 몇 가지와 함께 먹었다.

지나고 보면 아무것도 아닐 일에 크게 마음을 쓴 적이 많았다.

지나고 보면 아무것도 아닐 일에 크게 마음이 다친 적도 많았다.

지나고 보면 아무것도 아닐 일을.

바로 다음날이었다. 푹푹 찌고 습한 아침, 세수를 하려는데 물이 나오지 않았다. 지나고 나면 이야깃거리가 되고 추억이 되리란 것을 알기에, 맘도 얼굴도 구기지 않았다. 고치면 될 일이었다. 하루 정도 세수를 안 해도 그만이었다. 정말 별일 아니었다.

반려식물들을 만지면 어릴 적 잠자리에 들기 전에
내 긴 머리를 쓰다듬어주던 아빠의 손길이 떠오른다.
가슴의 파도가 밤을 맞는 것 같은 차분함이 느껴진다.

용기가 부르는 용기

양양 동호 해변에 띄운 카약

양양의 다른 해변에 비해 동호 해변이 아담하고 한적하다는 얘기를 들었다. 여름휴가철 밤에 도착한 동호 해변은 간이상점들의 노란 불빛과 휴가를 보내려는 사람들의 차량으로 북적였다. 그럼에도 다른 해변에 비해서는 확실히 한적한 편이었다.

다음날 구름이 잔뜩 낄 것이라는 예보와 달리 날씨가 좋았다. 창문과 문을 열자 파란 하늘과 바다가 보였다. 식물들을 모두 꺼내 일광욕을 시켜줬다.

자전거를 타고 해변가를 돌았다. 아담한 해변은 수영 가능 지역과 서핑 지역으로 나뉘어 있었다. 수영복으로 얼른 갈아입고 카약

다시 이사.

창문과 문을 열면

파란 하늘과 바다가.

첫 바다 카약킹.

그는 땀을 뻘뻘 흘리며 카약을 조립했고

바다로 나갔다.

과 피크닉 가방을 꺼내들었다.

바다, 모래사장에서 수평선을 향해 걸어가면 이내 발이 땅에 닿지 않는다. 나는 여전히 발이 땅에 닿지 않는 물속이 두렵다.

허감독이 먼저 카약에 올라탔다. 한 시간 가까이 쨍한 햇살 아래 유유히 노를 젓는 그를 바라보았다. 바다에 카약을 띄우는 건 처음이었다. 한참 바다의 흐름 위에서 카약을 즐기던 그가 내게 다가왔다.

'나도 할 수 있을까……?'

내 차례였다. 구명조끼를 입고 카약에 올라탔다. 파도를 가르며 수평선을 향해 노를 저었다. 막상 카약 위에 올라타니 저 먼 수평선을 향해 돌진하고 싶었다. 스스로 균형을 잡을 수 있게 되고 카약 바닥을 스치는 파도의 손짓에 익숙해지니 어느새 물위에서 자유로워졌고, 더 멀리 나아가고 싶어졌다.

그렇게 조금씩 용기가 생겼다.

더 넓은 세상을 향해 출발할 용기가 생겼다.

카약 바닥을 스치는 파도의 손짓.

나는 물위에서 자유로웠다.

거창하지 않아도 짙은 사람

거제도에서 실어온 어둠

거제도 함덕 몽돌 해수욕장에서 아침을 맞았다. 파도가 해변에 닿을 때마다 자기들끼리 부딪치고 구르는 자갈 소리가 경쾌했다.

운전석 너머 소나무 사이로 햇볕을 받아 반짝거리는 남해 바다가 보였다. 자전거를 타고 함덕 동네 한 바퀴를 돌았다. 워낙 유명한 곳이라 펜션이나 편의시설이 많았다. 고즈넉함은 없었다.

이사를 결정했다. 외도행 배를 타기로 했다. 외도로 들어가는 배를 타러 '바람의 언덕'으로 가는 내내 푸르고 맑은 바다를 오른쪽 옆구리에 끼고 달렸다.

외도에 도착해 쏟아지는 햇빛 아래 산책을 했다. 정성스럽게 심

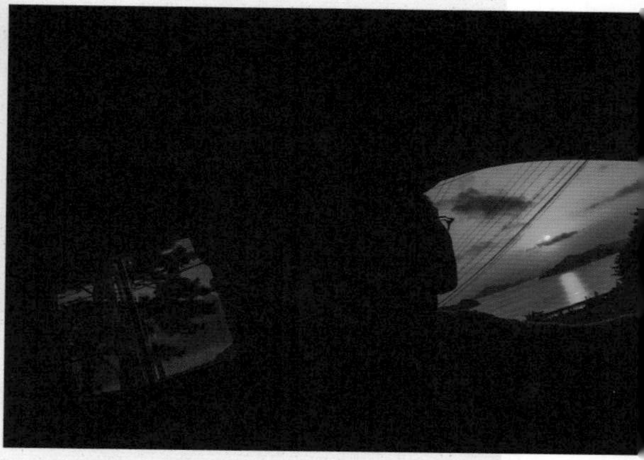

어둔 식물들이 사랑스러웠고, 잠든 갓난아이를 안고 산책길을 힘겹게 걷는 한 엄마의 뒷모습이 자랑스러워 보였다.

'아름다워…… 우리나라 정말 아름답다.'

가지고 있는 단어가 턱없이 부족했다.

외도에서 나와 1080번 지방도로 향했다. 비포장도로를 달려 도착한 정상에서 본 다도해에 다시 말을 잃었다. 드론을 띄워 우리와 밴과 다도해를 촬영했다. 여러 높이와 각도에서 세상을 보고 싶었다.

1080번 지방도를 계속 따라가다보니 노을이 졌다. 또다시 한참을 가다 길 왼편에 낮게 자리한 마을이 눈에 들어왔다. 산이 둘러싸고 있는 낮은 논들과 그 끝에 펼쳐지는 회색빛 바다.

탑포마을이었다.

관점을 바꾸는 두 가지 방법.

하나, 속도를 바꾼다.

둘, 높이를 바꾼다.

익숙했던 것들이 생소하게 보이기 시작한다.

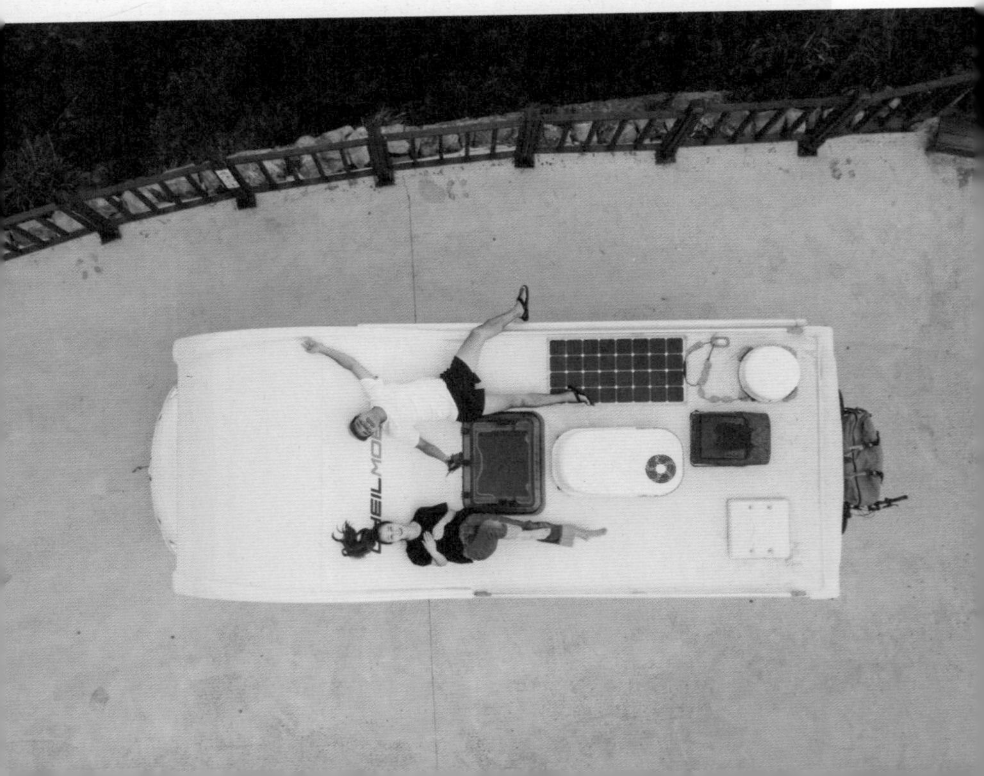

여러 높이와 각도에서

세상을 보고 싶다.

문밖을 나서기만 하면

새로운 세상이니까.

유모차에 의지해 걷는 할머니 한 분과 바다 앞 평상에 앉아 밤을 맞이하는 할머니 한 분은 특이한 모양의 밴에 별다른 관심을 보이지 않으셨다. 그저 담담하게 다가오는 어둠을 응시하고 있었다.

마을은 눈부심 하나 없는데 아름다웠다. 어둠 속에 드문드문 켜진 가로등, 찻길의 높이와 나란한 바다가 적막했고, 버스 정거장에는 좀처럼 멈춰 서는 버스가 없었다. 그 순간, 그곳에는 나와 허감독과 두 분의 할머니뿐이었다.

문득 그런 말을 한 적이 있었다. "세상을 내 것으로 만들려 하지 말고 내가 세상이 되면 안 돼?" 아주 작은 것을 선택하는 데에도 아주 많은 시간을 쓰는 내가 그런 말을 했다. 그 말에 허감독은 거침없이 OK!를 날려주었고, 그렇게 우리는 함께 뛰어들었다.

내 말에 실천이라는 모터를 달아주었다, 그는.

거제의 마지막날 해질녘에 우연히 찾은 탑포마을에서 다 지나간 노을의 뒷모습을 보면서 그에게 많이 고맙다는 생각이 들었다. 알면서도 자주 하지 못하는 말, '함께 우리 세상을 만들어가줘서 많이 고마워……' 같은 길에서 함께 늙어갈 생각을 하니 청승맞게 눈물이 났다. 다 지나간 노을의 뒷모습을 꺼내볼 몇십 년 후 우리의 뒷모습이 떠올라서.

이름난 거제의 그 어느 관광지보다 기억에 오래 남을 것 같은 탑포마을의 고요와 어둠. 어느 것 하나 거창하지 않지만 그 무엇보다, 어느 곳보다 가슴속에 짙게 남을 것 같았다. 그곳에서 내겐 바람이 하나 더 생겼다. '거창하지 않아도 짙은 사람이 되고 싶은 바람.'

사는 거 별거 없잖아

잠 못 이룬 그 밤

8월의 마지막날이었다. 그날 하루에 일어난 일들은 내 가슴에 '사는 거 별거 없잖아'라는 문장을 새겼다.

허감독과 잠시 떨어져 지낸 오후였다. 친한 친구의 회사로 찾아가 점심을 함께 먹었다. 요즘 어떻게 지내냐는 물음에 친구는 많이 힘들다고 답했다. 10년 넘게 단 하루도 제대로 쉰 적 없이 일해온 나의 사랑하는 친구는 말 그대로 번아웃 상태(너무 열심히 일해 체력과 영혼이 소진된 상태)였다. 그럼에도 오랜만에 만난 내게 웃어주고, 내 속상한 얘기에 대신 화도 내주고, 사랑과 관심을 듬뿍 건넸다. 점심시간이 끝나갔고, 헤어지며 서로에게 말했다.

"건강하자! 사는 거 별거 없잖아. 건강하면 돼!"

나는 오랜만에 지하철을 타고 한강에 서 있는 밴으로 돌아갔다.

오후 늦게야 허감독이 밴으로 돌아왔다. 김포에 있는 물품 보관 창고에 함께 다녀왔다. 해가 기울고 배가 너무 고파 근처에 있는 닭갈빗집에 들어갔다. 배고픔에 말을 잃고 음식이 나오길 기다렸다. 모자 관계로 보이는 옆 테이블의 두 사람은 소주 한 병을 사이에 두고 이야기를 나누고 있었다. 자세한 얘기는 들리지 않았고 딱 한 문장만 정확하게 귀에 꽂혔다.

"엄마, 사람 사는 거 별거 없더라구……"

아들은 그 말을 뱉고 소주 한 잔을 벌컥 들이켰다. 엄마는 말없이 고개를 끄덕였다. 닭갈빗집에는 채 10명도 되지 않는 사람들이 있었고, 아무도 그의 말에 귀를 기울이지 않았다. 우리만 연타로 맞은 느낌이었다.

'사는 거 별거 없잖아.'

차가 밀리는 퇴근시간을 피해 밴에 돌아왔다. 과식하면 배가 부르다는 걸 알면서도 뭐가 그리 허기졌는지 무리하게 먹었다. 그가 내 속을 알아차린 듯 잠깐 걷자고 했다. 가끔은 그가 나보다 나를 더 잘 아는 것 같다.

십 분도 채 못 걸었는데 바람이 많이 차가워져서 밴으로 돌아가려 했다. 그런데 50m쯤 앞에 있는 수상택시 정류장 쪽에서 사람들이 분주하게 오가는 것이 보였다. 응급차가 주차장에 서 있고, 수상택시 정류장으로 응급대원들이 급히 달려내려가고 있었다.

하루 동안 방전되어 있던 호기심이 발동해 그곳으로 천천히 다가갔다. 동호대교 쪽에서 고속질주하며 강변으로 빠르게 접근하는 빨간 불빛을 단 보트 한 척이 보였다. 잠시 후 몸이 축 늘어진 사람 한 명이 정류장 바닥에 눕혀졌다. 응급대원들이 번갈아가며 온 힘을 다해 심폐소생술을 했다. 발길을 멈춘 사람들이 하나둘 몰려들었고, 서로 적당한 간격과 자리를 유지하며 그 장면을 숨죽여 지켜보았다.

잠시 후 심폐소생술이 멈췄다. 허탈한 표정의 대원들이 40대 중반으로 보이는 남자를 들것으로 옮겨 응급차에 실었다. 응급차는 사이렌을 끄고 공원을 빠져나갔다. 사람들은 뿔뿔이 흩어져 제 갈 길로 향했다.

사는 게 별거 없다는 말을 주고받은 하루의 끝에, 면전에서 터진 폭탄에 갑자기 정신의 회로가 끊기고 눈앞이 흐려졌다. 세상은 끝없이 움직이고 있었지만 누군가의 세상은 끝났다. 그의 세상은 끝났지만 나의 세상은 계속되고 있었다. 보이지 않는 분명한 선이 그와 나의 삶 사이에 굵게 그어졌다.

멈추고 싶어도 멈추지 못하고 아무 일 없는 듯 흘러가야 하는 그날의 한강은 무척 슬퍼 보였다.

'사는 거 별거 없는데……' 친구의 한숨인지, 닭갈빗집에서 본 청년의 푸념인지, 그날 한강에서 목숨을 잃은 누군가의 울음인지, 귓속에 달라붙어 떨어지지 않는 웅얼거림에 그 밤 나는 잠을 설쳤다.

5장
가을

우리,
여행하는 갈대들

우리 둘만의 놀이공원

충주와 제천의 호수

밴을 타고 충청북도 충주에 무작정 내려가 이틀 동안 자전거로 골목여행을 다녔다. 탄금대에 올라 충주호의 느린 유속을 바라보다 관리하시는 분에게 충주 음식의 필살기를 물었더니, 충주에는 딱히 맛있는 것이 없다며 그래도 본인이 단골이라는 인근의 콩요리 전문점을 알려주셨다. 청국장과 순두부찌개를 시켰는데 그저 그런 맛이었지만 배가 고파 허겁지겁 먹었다. 다시 자전거를 타고 충주 시내를 한 바퀴 돌며 소화를 시킨 다음, 세계무술공원 주차장에 세워둔 밴으로 돌아가 잠을 잤다.

이튿날 오전에는 충주댐 건설로 수몰된 호수 아래 잠긴 마을의 유적, 유물과 고택을 옮겨둔 청풍 문화단지를 둘러보았다. 이렇게 수몰

지역의 흔적들을 보존해놓은 곳이 있어 다행스러우면서도, 지금은 물에 가라앉은 옛 마을의 집들을 둘러보니 마음이 헛헛했다.

사라진 것들 사이에 머물다보니 살아 있는 것들이 다시 보고 싶었다. 살아 숨쉬는 충주 오일장에 가서 숯불에 구운 전장김 3봉과 사과 6개를 샀다. 오후에 제천으로 이사했다.

충청북도에는 우리나라에서 제일 큰 '내륙의 바다'라 불리는 호수가 있다. 충주에서는 충주호, 제천에서는 청풍호라 불리는 이 호수는 내 눈에는 청풍호로 불릴 때가 더 아름다워 보였다. 몸의 핏줄처럼 복잡한 모양의 호반으로 둘러싸인 그 호수는 어디에서 어떤 각도로 보느냐에 따라 비슷한 듯 확실히 달랐다. 외양은 비슷하지만 어딘지 모르게 다른 분위기를 가진 쌍둥이처럼.

저녁 무렵 제천에 도착해 중앙시장 근처 식당에서 양푼냄비에 지글지글 조린 등갈비 2인분을 뚝딱 해치우고, 근방의 골목을 무작정 걸었다. 어디를 여행하든 다른 지역의 생활과 사람 사는 모습을 가장 가까이에서 볼 수 있는 곳은 시장과 평범한 골목이었다. 시장 맞은편의 열쇠 가게에서 하나뿐이라 분실이 염려되는 화장실 볼일통을 넣어두는 외부 수납장 열쇠를 복사하고, 우리나라에서 가장 오래된 저수지이자 지금도 저수지로 쓰인다는 의림지로 향했다.

의림지에는 자그마한 놀이공원이 있었다. 밤 9시가 훌쩍 넘은 시간, 그곳에는 우리 둘뿐이었다. 한산한 밤의 놀이공원이었다. 놀이기구 3개를 탈 수 있는 티켓을 끊었다. 동심으로 돌아가 어느 것을 탈까 두리번거리는데 티켓을 건네준 분이 우리를 따라나섰다.

"아, 저랑 다른 직원 한 명이랑 일하는데, 지금 그 직원이 자리를 비워서 제가 놀이기구 켜드리려고요."

오직 우리 둘만을 위해 놀이기구들이 움직였다. 실제로 우리가 놀이기구를 고르면 그분이 전원을 켜주었고, 우리는 회전목마와 범퍼카, 바이킹을 타며 환호성을 질렀다. 그날 밤 의림지 파크랜드는 우리 둘만의 것이었다.

30대에 다시 떠난 수학여행

경주 사람 여행

우리에게 경주의 의미는 수학여행지였다. (요즘은 해외로 수학여행을 가기도 하지만) 많은 어른들이 중고등학교 수학여행 때 경주를 가본 이후 다시 찾지 않는다. 그러나 아직 여름 같은 초가을에 도착한 경주는 우리에게 더이상 고리타분한 느낌이 드는 예전의 수학여행지가 아니었다. 나는 도착한 첫날 이미 동궁과 월지의 야경과 반영에 마음을 홀랑 빼앗겼다. 경주라는 도시 전체가 국립공원이라는 사실도 오기 전엔 몰랐다. 그 무지에서부터 여행은 시작되었다.

이튿날 느지막이 일어나 시내로 향했다. 첨성대, 반월성, 천년의 숲 계림이 있는 대릉원 일대를 걸었다. 천천히, 우리에게 맞는

경주의 야경.

속도로 아주 천천히. 아담한 가게들이 줄지어 있는 황리단길의 독립서점에서 국내소설 한 권과 프랑스 에세이 한 권을 샀고, 근처 펍에서 만두 한 접시를 곁들여 맥주 한잔을 마신 뒤 다시 걸었다. 이 일대에서 시내 쪽으로 걸으면 능과 능 사이를 가로지르거나 능을 옆에 두게 되는데, 어떤 능이든 어린왕자의 소행성처럼 외로워 보였다.

현재 살아 있는 과거의 도시를 태연하게 거닐었다. 들쑥날쑥 높은 건물들이 장기자랑하는 도시와는 전혀 다른 풍경이었다. 빌딩과 빌딩으로 산산조각난 하늘이 아닌 한눈에 시원하게 펼쳐진 하늘 아래 놓인 오래된 길들도 좋았다. 아침에 지나쳤던 첨성대를 밤에 보고, 낮에 걸었던 길을 밤에 또 걸었다. 경주는 하루 만에 다시 찾고 싶은 곳이 되었다. 몇 날 며칠 머물며 과거의 그들이 머물던 흔적 위에 우리가 가진 현재의 시간을 짙게 덧입히고 싶어졌다. 3일간 머물겠단 계획을 허물고 5일의 계획으로 바꾸었다. 부풀어올랐던 기대에 딱 들어맞거나 숨을 더 불어넣어주는 여행은 흔치 않다.

밴에 합체돼 있던 자전거를 분리해 활기차게 둘째날을 시작하려는데 멀리서 기차 소리가 들려왔다. 소리가 점점 더 가까워지더니 기차가 나타났다. 전철과 달리 기차가 주는 묘한 떨림이 있다. 공항의 소음이 주는 떨림과 비슷한 결의 떨림이다. 거기에는 만남과 이별, 설렘과 아쉬움, 슬픔, 기쁨, 다짐, 용기, 도전, 시작과 끝 등 별의별 이야기가 다 들어 있다.

칙칙폭폭 우렁찬 기차 소리로 요동치는 대기를 가르며 페달을 밟았다. 동궁과 월지에서 첨성대 맞은편에 있는 대릉원까지는 금방이었다. 고분군이 있는 대릉원 입구에서 가장 깊숙한 곳에 있는 천마총에 들어갔다. 초등학교 수학여행 때 천마총에 들어간 기억이 없었다. 분명 와보긴 했을 텐데.

무덤 안으로 들어가자 발굴 당시 누군가가 누워 있던 곳이 그대로 보였다. 유리벽 하나를 두고 마주섰는데 원인을 알 수 없는 한기가 들어 서둘러 그곳을 빠져나왔다.

'만약 저곳에 내가 누워 있고 형체를 알아볼 수 없는 내 전신을, 썩다 남은 옷자락과 내 매장품을, 모르는 사람들이 보게 된다면……'

죽음의 너무 깊숙한 곳까지 들어온 까닭일까. 괜스레 안 해도 될 걱정까지 덮치며 기분이 가라앉았다. 생이 끝난 혹자의 누운 자리를 보는 건 내게는 그리 기분좋은 일이 아니었다.

다시 페달을 밟았다. 중앙시장, 경주역을 거쳐 황성공원까지 다녀왔다. 소나무숲으로 우거진 공원은 관광지나 유적지가 아닌 경주 사람들의 주거지역에 있었다. 사람들은 숲길을 걷거나 자전거를 타고 있었다. 우리도 경주에 사는 사람들처럼 자전거로 열심히 솔숲을 가로질렀다. 배가 고파서 가장 가까운 분식점을 찾아갔다. 그런데 그곳엔 분식점이 아닌 미용실 간판이 붙어 있었다.

지나가던 열 살 남짓 돼 보이는 남자아이에게 물어보니 무심하게 “망했어요” 한다. 그래서 그 아이에게 물었다.

“그럼 너는 떡볶이 어디에서 먹어?”

“음, 저기에 분식점 있는데 거기 국물떡볶이 맛있어요!”

옆에 있던 누나로 보이는 여자아이가 덧붙였다.

“치즈돈가스 시켜서 떡볶이 국물에 찍어 먹으면 진짜 맛있는데!”

아이들 추천으로 떡볶이를 먹으러 왔다는 우리의 말에 분식점 사장님은 쫄면사리를 서비스로 넣어주셨다. 사실, 평범한 맛이었다. 하지만 낯선 이에게 자신들만의 맛집을 선뜻 공유해준 아이들을 생각하며 국물까지 싹싹 긁어 먹었다.

밤으로 넘어가는 시간을 달려 황리단길 주변의 골목길을 둘러보았다. 완전한 어둠이 내려앉은 골목에 홀로 불을 밝히고 있는 서점을 발견했다. 그림책 서점 ‘소소밀밀’. ‘성긴 곳은 더욱 성기게, 빽빽한 곳은 더욱 빽빽하게’라는 뜻이라고 한다. 서점 이름만큼이나 분위기가 남다른 남자분이 그곳을 지키고 있었다. 서점의 주인이자 그림책 작가라고 했다. 사장님은 카메라를 들고 있던 허감독에게 사진집 한 권을 추천했다. 허감독과 책방 사장님은 한참 동안 진지한 대화를 나누었다. 첫 만남인데도 서로의 마음 앞으로 바짝 다가가 나누는 이야기들. 사진, 관심사, 여행, 인생 등 주제를 자연스럽게 넘나드는 대화들. 낯선 곳에서 낯선 이를 만났을 때 경계심이 더해지는 경우도 있지만, 운명적 만남인 것 같아 서투르지만 최선을 다하게 되는 시간들이 있다. 처음 만나는 사람의 이야기를 들으면 몰랐던 책과 못 가본 세상을 만나는 기분이 든다. '소소밀밀' 사장님이라는 멋진 책의 마지막 페이지가 궁금했지만 어느덧 서점의 불을 꺼야 할 시간이었다.

추천받은 사진집 한 권을 들고 밤길로 나서려는데, 책방 사장님이 여행 다니면서 가보면 좋을 다른 지방의 동네서점들을 알려주셨다. 그 큰마음을 받았다. '정말 고맙습니다.'

하루의 여행을 마치고 생활로 들어갔다. 빨래가 밀려 있었다. 가까운 빨래방을 찾고 있는데 전화가 울렸다. 경주에 사는 작은아빠였다. 지금 어디에 있는지 물어보셔서 대략 위치를 말씀드리자, 퇴근하고 집으로 돌아가는 길목이니 잠시라도 보자 하셨다.

거의 10년 만에 만나는 막내 작은아빠였다. 만나자마자 꼭 끌어안았다. 내가 정말 좋아하고 따랐던 막내 삼촌, 작은아빠. 작은아빠에게 허감독을 소개했다. 짧은 시간이었지만 깊은 반가움을 나누고 헤어졌다.

산다고, 살겠다고 나는 가족과 그렇게도 소원했다.

빨래를 마치고 밴에 돌아가 한참을 울었다. 지난밤도 그랬다. 허감독의 가슴에 눈물과 콧물을 잔뜩 흘렸다. 경주의 매일 밤 그랬다. 과거의 시간과 사람들이 잠들어 있는 곳이어서인지 내가 지금 사랑하는 사람들의 마지막 순간이 자꾸 떠올랐다.

결국 사람이었다. 살면서, 여행하면서, 가장 중요한 건 '사람'이다. 천마총에 누워 깊이 잠든 누군가와 자신의 맛집을 기꺼이 공유해준 아이들, 우연히 들어선 골목에서 만난 책방의 그림책 작가님, 10년 만에 만난 나의 작은아빠…… 사람으로 기억될 경주.

질푸른 밤 사이로 다시 기차 소리가 들렸다. 가슴의 진동과 함께 사랑하는 사람들의 안녕을 빌었다. 부디 함께할 날들이 하루라도 더 남아 있길 바라며.

대청소하는 날

밴의 옥상

오랜만에 세차를 했다. 선루프를 통해 상반신을 내밀어 밴의 지붕이자 등판이자 우리집 옥상에 찌든 때를 벗겨냈다. 밴의 등판을 닦는 세차는 처음이었다.

봄과 여름 6개월 동안 전국을 다니며 내려앉은 먼지와 얼룩이 그득했다. 혹시라도 세제 거품에 미끄러져 떨어질까봐 밴의 등판에 철퍼덕 주저앉은 채, 엉덩이로 자리를 옮겨가며 호스로 물을 뿌리고 걸레에 세제를 묻혀 닦았다. 땀에, 물에, 세제 거품에, 밴을 씻기는 건지 내가 씻는 건지 분간할 수 없을 정도로 온몸이 젖었다.

세차를 마치고 나니 밴이 햇살 아래 하얗게 빛났다. 그 어느 때 했던 샤워보다 상쾌했다.

너를 씻기는 건지,

내가 씻는 건지.

경주가 이상하다

신라의 미소

경주에서의 마지막날은 무척 바빴다. 한옥 지붕을 달고 있는 맥도날드의 주차장에서 눈을 뜨고 불국사로 향했다. 국보 20호 다보탑과 21호 석가탑 등 많은 유적과 유물을 품고 있는 불국사를 둘러보았다. 초등학교 수학여행 때 불국사에서 단체로 기념사진을 찍었던 기억은 아주 희미하게 남아 있었다.

허감독은 "그 나이에는 친구와 보내는 시간이 가장 중요한 때였기 때문에 세상이 보이지 않았던 것 같아"라고 말했다. 사람과 관계를 맺는 것이 모든 일의 우선순위였다. 사람을 알고 난 뒤 그제야 세상이 조금씩 보였다.

불국사에서 산길을 따라 나와 토함산 정상으로 가는 산책로 입구에서 하산중인 아주머니에게 물었다.

"이 신발로도 올라갈 수 있을까요?"

나는 끈으로 된 샌들을 신고 있었다.

"암! 아주 잘해놔서 위험하지도 않고 금세 정상에 올라갈 수 있으니까 가봐요!"

아주머니의 말씀에 망설임을 접고 정상으로 걸어갔다. 밴에 산 지 6개월쯤 지나니 처음 만나는 사람에게도 서슴지 않고 말을 잘 걸게 되었다.

이십 분 정도 완만하게 오르니 정상이었다. 올라가려 하지 않으면 내려다볼 수 없다. 역시 스스로 움직이지 않으면 얻을 수 없다.

정상에서 내려와 사과 하나를 쪼개 나눠 먹고 석굴암으로 향했다. 석굴암이 통일신라시대에 자연석 화강암을 깎아 만든 석굴 사찰인지도, 유네스코 세계문화유산인지도 몰랐다. 돌로 만든 둥근 천장 아래 부처상의 근엄한 표정을 보며 모르는 게 너무 많아 저질렀던 많은 실수를 반성했다. 알면서 저지르는 많은 잘못들도 함께. 석굴암을 등지고 섰다. 멀리 바다가 보였다. 경주가 바다에 가까웠구나…… 그 사실도 정말 몰랐다.

이제 경주는 나에게 학창 시절 사람에게 집중한다고 아무것도 뇌리에 남아 있지 않은 수학여행지가 아니었다. 가족보다 친구가 더 좋았던 그때의 경주가 아니었다. 교과서와 역사책에 경주의 많은 것들이 무심히 널려 있기에 정작 나에게는 아무런 의미도 가져다주지 않았던 무표정한 도시가 아니었다. 내가 고개를 들어 경주의 얼굴과 표정을 들여다본 순간, 경주는 '신라의 미소'로 불리는 유물 '얼굴무늬수막새'처럼 나를 향해 은은하게 미소짓고 있었다.

황성공원 근처로 달려 친할머니와 사촌동생 그리고 어렵게 다시 시간을 낸 작은아빠와 저녁을 먹었다.

"아니, 왜 그렇게 얼굴이 해쓱해졌디야?"

어느덧 여든이 훌쩍 넘은 할머니는 도리어 손녀의 건강을 염려하셨다.

아, 경주가 이상했다. 경주를 빠져나오는 마지막날까지 나는 눈물지었다.

과거를 지천에 늘어놓고 현재를 돌아보게 하는 이상한 경주의 힘에 나는 완벽하게 당했다.

안정의 궤도 위에서

더 움직여야 할 때

다 잡은 고기에 밥 안 준다는 안정의 궤도에 오른 모양새였다. 밴라이프 6개월이 넘어가자 밴의 모든 것이 꽤 익숙해졌고 자리를 잡았다. 밴의 모든 것을 손에 움켜쥐고 있다고 믿으며 안심하고 덜 애쓰고 있었다. 게을러졌다. 우리집=밴에게.

불편함 하나 없이 딱 좋은데 이상하게도 안정과 권태의 감정이 동시에 들었다. 두근거림은 사그라들고 안정이 자리잡는, 만난 지 3년 정도 되어가는 연인에게서 풍기는 편안함과 따분함.

매일 다른 곳으로 옮겨다니는 '변화'의 테두리 안에, 매일 좁은 곳에 부대껴 있는 '정체'의 알갱이가 물에 뜬 기름처럼 느껴졌다.

'집이란 공간은 언제 돌아가도 그대로 안길 수 있는 곳인데 밴이

움직여야 한다,

머무르지 말고.

그런 공간이 되어 감흥이 덜해진 것은 아닐까?'

'나사가 풀렸나? 아직 6개월이나 더 남았는데 긴장이 풀렸나?'

비슷한 생활의 틀이 반복되고 있을 때였다. 안정의 궤도를 도는 것이 마냥 행복하지만은 않았다.

더 움직여야 할 때였다.

좋아하는 것이 일이 되지 않도록

일에 대한 우리의 생각

내가 글을 쓰고 싶다고 말했을 때 그는 글쓰는 게 일이 되지 않도록 즐기면서 잘할 수 있게 도와주고 싶다고 말했다. 의아했다.

"좋아하는 것이 내 일이 되면 좋잖아?"

그의 말을 들어보니 이해가 되었다.

"가장 좋아하는 것이 일이 되면 '쉬는 동안 웃으면서 즐기던 가장 좋아하는 일'이 사라져버리는 거야……"

할말을 잃었다. 가장 좋아하는 것을 일로, 업으로 삼게 되는 것은 운좋고 행복한 일이라 여겼다. 꼭 그렇지 않을 수도 있다는 생각은 전혀 하지 못했다. 허감독에게 영상을 만드는 일은 그가 가장 좋아하면서 즐기던 취미였다. 그것이 그에게 일이 되는 것을 나는 막

허감독에게 아무것도 하지 않을

자유를 주고 싶은데.

아주지는 못할망정 되레 물개박수를 쳤다. 이후 그의 빈자리에는 '음악 작업'이 들어섰고, 그는 그것만은 절대 일이 되지 않게 해달라고 간곡하게 빌었다.

나는 좋아하는 것이 내 일이 되길 원했다. 매일 좋아하는 일을 하는데 자본까지 획득한다는 것이, 하고 싶은 일이 해야만 하는 일이 되는 것이 무척 근사해 보였다. 모든 것에는 장단점이 있게 마련이지만, 그에게서 들은 좋아하는 일을 업으로 삼는다는 것의 단점은 내 가슴을 많이 아프게 했다.

그럼에도 허감독은 좋아하는 것이 일이 되었으므로 일로 인한 각종 스트레스나 외부에서 가해지는 압박과 상처들을 잘 참아낼 수 있다고, 잘 참아내야만 한다고 믿게 되었다 했다.

가슴이 더 아팠다.

여전히 균형 잡는 중입니다

우리를 위한 일

밴라이프를 하는 동안 꼭 하겠다고 계획한 일정이 딱 하나 있었다. '제주도 한 달 살기'. 배에 밴을 싣고 제주에 건너가 한 달 동안 살아보고 싶었다.

예전부터 무엇을 계획하는 데 많은 밤을 지새웠고, 그 계획을 이루지 못했을 때는 더 많은 밤을 지새웠다. 제주도로 넘어가기로 한 날짜가 다가오는데 마쳐야 했던 광고 촬영이 하루이틀 점점 미뤄지고 있었다. 밴에 살기 위해, 여행을 계속하기 위해 반드시 일이 필요하기에, 스멀스멀 피어오르는 불안한 예감을 두 눈 지그시 감고 받아들였다. 가슴 깊은 곳에 몇 마디 말을 써내려가며.

보통의 집 없이 밴에 살면서 얻은 것 중 하나,

어디든 사무실로 만드는 능력.

우리를 위한 일이 되게 하자.

일을 위한 우리가 되지 말자.

절대로 일에 잠식당해 불안해하지 말자.

우리는 여전히 일과 삶이 양쪽에 올라탄 시소 위에서 부지런히 균형 잡기를 하는 중이었다.

여행하면서 집밥 먹기

떠돌이들의 완벽한 한끼

'밥 먹었어?'

서양 사람들이 특이하게 생각하는 우리나라 사람들의 안부인사.

엄마 아빠와 통화할 때 제일 먼저 듣게 되고 하게 되는 말.

처음 만나는 사람에게 건네도 적당하게 따뜻하고 실례되지 않는 말.

아직 어색한 관계의 사람과 할말이 없어 멋쩍을 때 꺼내는 말.

아플 때 들으면 가슴 찢어지게 포근해 울컥하게 되는 말.

사랑하는 사람에게 마음을 표현하고 싶을 때 '사랑한다' 대신 꺼내는 말.

밥 한끼가 소중했다. 떠돌아다니니 더 잘 먹어야 했다. 가족과 지인들은 집밥보다 더 잘 챙겨먹고 다녀야 한다고 매번 걱정의 말을 건넸다. “무엇보다 중요한 건 건강이에요”라는 얘기를 그 어느 때보다 많이 들었다. 그 말은 등뒤에 ‘그래야 우리 오래 보잖아요’라는 부끄럼에 볼 빨개진 사랑스러운 문장을 달고 있다.

밴의 작은 냉장고에 들어 있는 부모님표 반찬에 캠핑용 압력밥솥으로 지은 뜨끈한 밥이면 간단하지만 벅찬 한끼가 완성됐다. 밥 한끼를 먹을 때마다 나눠 먹을 수 있는 사람이 있고, 편안히 앉아 먹을 수 있는 공간이 있고, 먹을 수 있는 시간이 있다는 사실에 매번 감동했다. 여행하면서 매일 집밥을 먹을 수 있다는 것, 길 위의 우리에겐 가장 크고 따뜻한 행운이었다. ‘무엇보다 중요한 건강’을 잘 챙겨 이 아름다운 세상, 아름다운 사람들과 오래도록 함께하고 싶다.

밥을 차리면서도 골똘히 생각한다.

'내일 뭐 먹지?'

매일 매끼 고민된다.

허감독이 운전할 때 예민해지는 이유

운전하면서 나누는 슬픈 말

사랑하는 사람을 잃는 일은 생각만으로도 슬프고 아프다. 그럼에도 우리는 서로 한쪽이 없어졌을 때의 상황에 대해 자주 말했다. 특히 허감독이 운전하고 내가 조수석에 앉아 있을 때.

만약에 내가 없으면…… 혼자 남게 되면…… 그래도 잘살아야 한다는 말을 서로에게 전했다.

그런 날이 오면, 혹시나 서로에 대한 책임감에 그간 못했던 것들 하면서 앞뒤 재지 말고 막살아보라는 말도 농담 삼아 했지만, 대개는 잘살아야 된다는 말을 했다. 그저 내 몫까지 더 열심히 살아달라고.

허감독이 운전할 때마다 예민해지는 이유는 그랬다.

운전석의 그,

조수석의 나.

무엇을 해야 할지 모르겠을 때는

광 주 의 물 음

허감독의 생일은 5월 18일이다. 4년 전 그의 생일에 갔던 광주에 오랜만에 다시 가게 되었다. 허감독이 광주에서 강연하기로 한 날이었다.

막 피어나는 아침안개를 가르며 광주에 들어섰다. 지난밤도 우리는 휴게소에서 보냈다. 강연장 근처 작은 카페에 앉아 오랫동안 준비한 강연 내용을 함께 훑어보고 밴에서 나를 관객으로 한 리허설도 가졌다.

저녁 6시, 싸늘한 날씨에도 불구하고 그의 이야기를 듣기 위해 아시아문화전당 하늘공원 잔디밭에 사람들이 제법 모였다. 곧이어 허감독은 마이크를 들고, 평소 나에게 자주 해주던 진심의 이야기를 풀어놓았다. 보는 사람이 더 떨리는 건 뭘까? 가까이에서 듣던 이야기를 약간 떨어져 들으니 새삼 싱그럽게 들렸다. 이후 강연을 들은 사람들이 그에게 직접 질문하는 문답시간. 그중 인상적인 질문이 있었다.

'……뭘 해야 할지 모르겠어요. 어떻게 해야 하나요?'

애기인즉슨 자신은 대학생이며 전공 과목이 있지만, 자신이 진짜 하고 싶은 일이 뭔지도 모르겠고, 이걸로 먹고살 수 있을지도 모르겠고, 한마디로 뭘 해야 할지 아무것도 모르겠다는 질문이었다.

어려운 질문에 허감독은 단순하게 답했다.

"뭘 해야 할지 아무것도 모르겠고 선택하기 힘들 때는, 많은 것들을 해보세요. 그냥 한번 해보는 거예요. 뭐든지."

해보지 않고는 무엇을 원하는지, 뭘 어떻게 해야 하는지 알 수 없다. 우리도 마찬가지였다. 집을 등에 업고 산 건 어떻게 살고 싶은지 알기 위해서였다.

강연을 마치고 밤 9시에야 첫 끼를 먹었다.

중앙로로 걸어갔다. 현란한 간판들 속에서 뭘 먹어야 할지 몰라 지나가던 학생들을 붙잡고 물었다. 6명 남짓한 그들 무리는 서로 이것이 맛있네 저것이 맛있네 회의하더니 금방 의견을 모았다. 근처의 마늘갈빗집을 알려주었다. 여행중 현지 사람에게 가볼 만한 곳이나 맛집을 물어보는 게 당연해졌다. 사는 사람처럼 여행할 수 있었다.

그래,

결국엔 너만의 빛을 찾아

너만의 길을 가는 거야!

마늘갈비는 정말 끝내주게 맛있었다. 갈비 2인분을 시켜 노릇하게 굽고, 큰 쌈을 만들어 입에 넣기 전 그에게 말했다.

"그래, 이러려고 사는 거지!"

오래간만에 맘 편히 저녁식사를 마치고 우리는 다시 남쪽으로 향하기 시작했다.

갈대밭을 보러 갔다

순천만을 제대로 보기 위해 가야 할 곳

순천만을 제대로 보기 위해서는 용이 누워 있는 듯한 낮은 산인 용산에 올라야 한다. 금빛과 은빛으로 찬란하게 일렁이는 갈대밭을 지나 용산 전망대에 도착하면 빠듯하게 일몰을 볼 수 있을 것 같았다. 좀더 빨리 출발했어야 하는데, 낮에 들른 빨래방에서 예상치 못한 일이 벌어졌다.

그간 빨랫감이 많이 쌓여 빨래바구니의 용량을 훌쩍 넘어선 상태였다. 우리가 찾아낸 빨래방은 깔끔한 실내에 운동화 세탁기까지 따로 있어 감탄했다. 여기저기 다니느라 때가 잔뜩 묻은 운동화를 세탁기에 집어넣었다.

나는 뱅뱅 돌아가는 세탁기 앞에서 박준 시인의 시집을 읽었고,

허감독도 오랜만에 휴식을 취했다. 예전에 빨래는 그저 반복되는 집안일이었는데, 밴라이프에서 빨래하는 날은 일과 중 떠나는 작은 여행이 되기도 한다. 가까운 곳에서 빨래방을 찾고, 빨래가 돌아가는 동안 우리들의 지친 일상도 깨끗이 씻고 말린다.

한 시간이 지나 건조까지 마친 빨래를 꺼내 차곡차곡 갰다. 그러는 동안 운동화 건조도 끝이 났다. 그런데 건조기에서 꺼낸 운동화 뒤꿈치에서 여전히 물이 뚝뚝 떨어졌다. 오십 분이나 건조했는데…… 뭔가 문제가 있었다. 빨래방에 적힌 담당자 전화번호로 전화를 했다. 근처에 있던 사장님이 달려왔다. 연신 미안하다는 말과 함께 이리저리 살펴보더니 세탁기 업체에 전화를 걸었다. 결론은 '오십 분만 내주면 운동화를 다시 말려주겠다!'였다. 또다시 오십 분을 빨래방에서 보냈다. 빨래방 사장님은 미안한 마음에 블랙커피 두 잔을 들고 왔다.

오십 분 후 운동화는 해풍에 말린 오징어처럼 바짝 말랐다. 이렇게 빨래방에서 의도치 않게 오십 분을 더 보내는 바람에 순천만으로 향하는 시간이 조금 늦어진 것이었다.

다행히 해가 막 사라지기 전에 용산 전망대에 도착했고, 일몰에 빨갛게 물든 순천만을 내려다볼 수 있었다. 금빛 물결의 갈대밭은 해가 지고 나니 그냥 검은 물체가 되었다. 아무리 본디 찬란한 빛깔을 지니고 있더라도 혼자만으로는 그 빛을 발할 수 없는 갈대, 그것은 혼자만으로는 특별한 존재가 될 수 없는 사람과 다르지 않았다.

혼자만으로는

특별한 빛을 발할 수 없다는 점에서도,

갈대와 사람은 닮았다.

벌교에서 꼬막 정식을 먹고 나서, 밴의 첫 여행지 완도로 향했다. 그토록 원했던 제주로 건너가기 위해 우리는 다시 길 위를 달리기 시작했다.

바람이 데려간 드론

영광의 욕심

영광 백수 해안도로에서 서해의 잔파도를 보다가 계속 남쪽으로 향했다. 우리는 제주도로 가고 있었다.

출발한 지 얼마 되지 않아 논들이 잇달아 펼쳐진 평야를 발견했다. 평평하고 너른 들 한가운데에 섰다. 바로 서 있기 힘들 정도로 거센 바람이 불었다. 멀리 풍력발전기가 쌩쌩 돌아가고 있었다.

가슴이 뻥 뚫렸다. 시야에 아무것도 걸리지 않는 보기 드문 이 풍경을 담아서 간직하고 싶었다. 그래서 드론을 꺼내 허감독에게 조종해달라고 부탁했다. 우리 눈앞에서 드론이 드넓은 평야 위로 비상했다. 그런데 갑자기 드론이 조종을 따르지 않고 바람을 타며 우리에게서 점점 멀어져갔다. 순식간에 시야에서 사라졌다.

실종된 드론 찾아

논두렁 여행.

그는 당황하지 않고 조종기 화면을 응시하고는 일단 논처럼 보이는 곳에 드론을 착륙시켰다. 문제는 그곳이 어디인지 알 수 없다는 것이었다. 조종기 화면의 작은 점을 보며 찾아내야 했다. 정면을 바라봤지만 ctrl+c키를 눌러놓은 듯 죄다 똑같이 생긴 논이 가지런히 펼쳐져 있었다.

달렸다. 밴을 버려두고 우선 달렸다. 드론이 비상착륙한 점을 향해. 점과 조금씩 가까워졌다. 아예 논으로 내려가 냅다 뛰기 시작했다. 논을 갈고 있는 트랙터가 보였다. 아랑곳하지 않고 달렸다. 논 속에서 이렇게 숨가쁘도록 달리는 건 처음이었다. 신이 났다. 안 해본 것을 하고 있다는 설렘에, 실종된 드론을 찾아내야 한다는 애초의 목적도 잊고서 계속 달렸다. 그렇게 달리기를 십여 분.

"찾았다!"

앞장서 달리던 그가 드론을 집어들었다. 바람은 여전히 가만히 서 있기도 힘들 정도였다. 그랑 나랑 드론이랑 말없이 걸어 밴으로 돌아왔다. 당황해서 밴 창문을 모두 열어둔 채 달려갔다. 밴 운전석과 조수석, 거실은 모두 흙먼지로 가득했다. 흙바람이 불었나보다.

우리는 기록하는 사람이다. 그러나 세상엔 기록되지 않는 것들도 있다. 기록하던 손을 멈추고 그저 몸으로, 가슴으로 기억해야만 하는 것들이 있다. 그날 영광의 평야와 바람은 그곳을 발견하고 멈춰 선 우리에게만 허락된 풍경이었다. 무리하게 욕심부린 탓에 청소할 일만 늘었다.

3.34톤의 삶

제주행 배

제주도는 이젠 비행기로 오가는 것이 보통이지만 예전엔 배편을 이용하는 경우가 많았다.

초등학교 5학년 때 밤의 목포항에서 거대한 배를 타고 제주에 갔었다. 도착 직전에 배멀미가 도져서 화장실을 들락날락하다가 우연히 돌고래떼를 보았다.

10월의 마지막날이었다. 새벽 4시까지 편집을 하고 세 시간도 채 못 자고 일어나 창문을 열었다. 어둠 속 완도항에 불빛이 하나둘 켜졌다. 해가 조금씩 모습을 드러내고 있었다. 세수를 마치고 얼른 옷을 입었다. 오전 8시에 출발하는 배이니 7시까지, 최소한 한 시간

전에는 배에 밴을 올려야 했다.

배에 싣기 전에 밴의 무게를 달았다. 전광판에 숫자가 떴다. 3.34톤. 그만큼의 선적 비용을 내고 배로 향했다. 그렇게 덜어내고도, 3.34톤. 우리 삶의 무게였다. 우리가 지고 있는 삶의 무게. 집과 가진 물건을 더한 무게. 특별한 경험에 기분이 한껏 들떴다.

선박은 생각보다 컸다. 안내에 따라 배에 오르고 배 앞머리에 밴을 바짝 대고 내렸다. 차바퀴마다 육중한 철 고정끈이 채워졌다.

여객터미널로 발걸음을 옮겼다. 모자란 잠을 채워보겠다는 맘에 완도에서 출발해 추자도를 거쳐 제주에 이르는 네 시간 삼십 분

의 여정에 특등실 티켓을 끊었다. 터미널 한쪽에 웅크리고 있는 슈퍼에서 귀에 붙이는 멀미약을 사려는데, 출발시간이 임박했다면 좋은 방법이 아니라는 조언을 듣고 알약을 샀다. 어린 시절 겪은 혹독한 배멀미에 대한 두려움이 기억에 남아 있었나보다. 배에서 자보겠다는 속셈으로 특등실 티켓을 끊었는데도 자연스럽게 멀미약을 사 먹다니.

특등실로 들어서 창문 밖의 바다와 하늘에 잠시 시선을 빼앗겼다. 배 안이 추울지 몰라 꺼내입었던 때 이른 롱패딩을 벗어던지고 침대에 누웠다. 곧바로 눈이 감겼다.

잠깐 눈을 붙인 것 같은데, 희미하게 안내방송이 들렸다. "추자도, 추자도입니다." 눈이 떠지지 않았다. 이어 또다시 안내방송이 들렸다. "우리 배는 곧 제주, 제주에 도착합니다."

그렇게 네 시간 삼십 분의 단잠 끝에 우리는 제주도에 도착했다. 객실 안 샤워실에서 뜨끈하게 씻고, 곧 닿을 제주를 향해 설렘을 마구 뿜으며 망망대해를 바라보고 싶었는데…… 한 번도 깨지 않고 푹 자면서 왔다.

차를 배에 실은 고객들은 미리 주차를 해둔 배의 아래층으로 이동하라는 안내가 나왔다. 패딩을 주섬주섬 챙겨입고, 짐을 챙겨 아래로 가던 중 야외 갑판에 잠시 섰다. 쌀쌀한 바닷바람에 머리칼이 날리고, 잠기운에 몽롱했던 정신이 해풍에 번쩍 깼다.

"저기, 제주다!"

우리 오른편에서 제주도가 서서히 가까워지고 있었다. 이 순간을 얼마나 기다렸던가. 거북이처럼 집을 등에 업고 제주를 향해 오는 꿈을 참 오래도 꾸었다. 그간 일에 치여 부족했던 잠을 푹 자고 일어나니, 그 꿈이 눈앞에 다가오고 있었다. 낮고 통통한 나무에 달린 반짝이는 나뭇잎, 가을이어도 푸릇푸릇한 그 섬에 우리가 다가가고 있었다. 아니, 그 섬이 우리에게 다가오고 있었다고 말하고 싶다. 우리 앞에 섬이 정박해 있었다.

굵은 체인으로 포박돼 있던 밴에 올라타 시동을 걸고 기다렸다. 뱃머리 쪽에 차를 댔던 터라 다른 차들이 다 내릴 때까지 요동치는 가슴으로 기다렸다. 닫혔던 문이 활짝 열렸고, 제주 햇살이 우리를 맞았다. 출구의 빛으로 향했다. 제주항이었다. 미끄러지듯 항구를 빠져나와 제주를 달리기 시작했다.

우리는 지금 제주도에 날아오지 않고 건너왔다.

밴에 살지 않았더라면

평생 한 번도 오르지 않았을지도 모른다,

제주행 배에.

끝도 없는 수평선을 보며 제주가 보이길 기다렸다.

그곳에 우리가 닿길.

우리가 그곳에 닿길.

움직이는 그림

창문 바라기

선이 가둬준 자연을 보느라 시간 가는 줄 모른다. 그림이 된다, 움직이는 그림. 시간이 아깝지 않다. '어느새 노을빛이 깔릴 테지. 어느새 짙은 어둠이 깔릴 테지.' 가장 예쁠 때 가장 오래 봐둔다.

밴에는 창문이 많다. 운전석에 하나, 조수석에 하나, 벙커 침실 양옆에 둘, 거실에 둘, 주방에 하나, 욕실 겸 화장실에 하나, 끝으로 출입문에 세로로 길게 난 창 하나, 거기에 천장에 난 선루프까지 총 10개다. 같은 길을 달려도 다른 위치에 달린 창문 덕분에 다른 10개의 장면이 담긴다. 그 덕에 그냥 길에 불과했던 곳들이 창문에 담겨 그림으로 다시 태어난다. 밴라이프의 가장 큰 즐거움은 매일 창밖 풍경을 원하는 대로 선택할 수 있다는 것이다.

제주는 여러 가지 표정을 띠고 있었다.

밴의 창문에 제주의 돌과 바람과 야자수와 억새를 담으며

우리는 일하고 여행했다.

눈부신 초록,

제주의 어느 날 어느 길.

억새밭 사무실

서울 촬영, 제주 편집

말 울음소리가 들리고, 사방엔 억새로 가득했다. 내 뒤편에서 억새가, 맞은편 그의 뒤에서도 억새가 제주 바람에 몸을 맡기고 있었다. 억새밭 사이사이 꽂힌 하얗고 늘씬한 풍력발전기들이 쉭쉭 소리를 내며 돌아갔다. 우리도 제주 바람에 에너지를 내어 쉴새없이 편집을 했다.

우리만의 억새밭 사무실.

억새와 바람이 함께 나부끼던 곳에서 마주보고 말없이 일을 했다.
누군가가 말 한 마리를 그곳에 묶어두었다.
말은 자기보다 한참 큰 하얀 녀석이 다가오자 경계하며 두어 번 울더니
별다른 위협을 못 느꼈는지 잠자코 여물을 먹고 주위를 어슬렁댔다.
창문 덮개를 올리고 창문을 열었다.
처음 만나는 누군가와 하늘과 땅과 하나가 되는 기분.
그럴 때마다 우리의 공간은 보이지 않게 확장한다.

바다가 보이는 집

서울 택시기사님과의 대화

11월 둘째주 토요일, 제주공항에 밴을 세워두고 서울행 비행기를 탔다. 비행기에서 내리자마자 한기가 느껴졌다. 지인의 결혼식에 참석하기 위해 찾은 서울은 이른 추위로 우릴 반겼다.

결혼식에 늦을까봐 그리고 얇은 옷차림에 행여 감기라도 걸릴까 싶어 택시를 잡아탔다. 출발하자마자 꽉꽉 막히는 도로 위에서 기사님이 입을 열었다.

"아이고, 지방에서 올라오셨나봐요?"

"네!"

"지방이 살기 좋죠?"

"……네!"(제주에 집을 두고 왔고, 지금은 제주에 살고 있으니 거짓

말은 아니었다.)

“서울은 차도 이렇게 많고, 공기도 안 좋고, 사람 살 데가 못 돼요! 저는 은퇴하면…… 그러니까 이 일 그만두고 한 5년 후에는 지방에 가서 살고 싶어요. 바다 보이는 그런 데 참 좋잖아요! 진짜 은퇴하면…… 꼭……”

빵빵! 마지막 다짐의 말을 하려는 찰나에 왼쪽 차선의 차가 위험하게 끼어들었다. 기사님은 따귀를 치듯 클랙슨을 힘껏 눌렀다. 생각과 감정이 정신 못 차리고 뒤엉키기 시작했다. 밴에 살면서 다시 보게 된 서울의 아름다움이 분명 있다. 하지만 서울 사람들의 가슴에서 이렇게 많은 짜증과 피로가 피어오르는 날이면 서울이 마음속에서 다시 멀어지곤 한다.

서울의 도로에서 하루에도 수십 번씩 교통 체증을 겪는 기사님에게는 그런 날이 대부분일 수밖에 없을 것이고, 그럴 때마다 그는 바다 앞에 놓인 상상 속의 집을 더욱 선명하게 그릴 것이었다.

시간당 500원의 온기

가 을 의 끝

가을이 사라지고 있었다. 빠르게 찾아온 추위에 거리의 사람들은 롱패딩 점퍼를 꺼내입었고, 두터운 코트에 목도리, 모자까지 둘렀다. 낮에 일을 보고 밴으로 돌아가면 냉기로 가득한 실내와 차디찬 바닥이 발바닥을 찌릿하게 만들었다. 밴을 비우는 시간에는 보일러를 켜두지 못하기 때문에, 사랑하는 식물들이 추위를 견디지 못하고 하나둘 전사했다. 거실의 선인장만이 마지막까지 꿋꿋하게 살아남았다. 아프기는 다 마찬가지인데, 유독 키우고 있는 식물들이 시름시름 앓을 때 더 아프다. 잘 보살펴주지 못한 자책이 더 크다. 유독 더 아프다. 내 몸이, 내 맘이 아플 때보다 훨씬 더. 내 맘이 뻗어 있는 주위와 주변을 잘 보살필 줄 아는 반창고 같은 사람이 되고 싶다.

밴라이프를 준비할 때부터 가장 크게 걱정했던 물탱크는 다행히 아직 얼지 않았다.

다시, 빨래하는 날이었다. 빨래방에서 세탁기에 빨랫감을 넣고 서 있는데, 손발이 시리고 입김이 나왔다. 몇 달 전 여름의 빨래방이 너무 더워서 500원을 넣고 에어컨을 돌렸던 일이 생각났다. 다시, 500원을 넣고 난방기를 돌렸다.

한 번도 겪지 못한 밴에서의 겨울, 그 서막이 열리고 있었다.

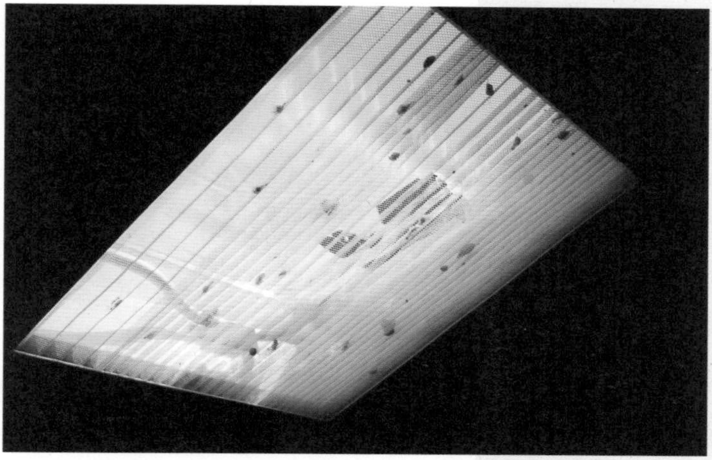

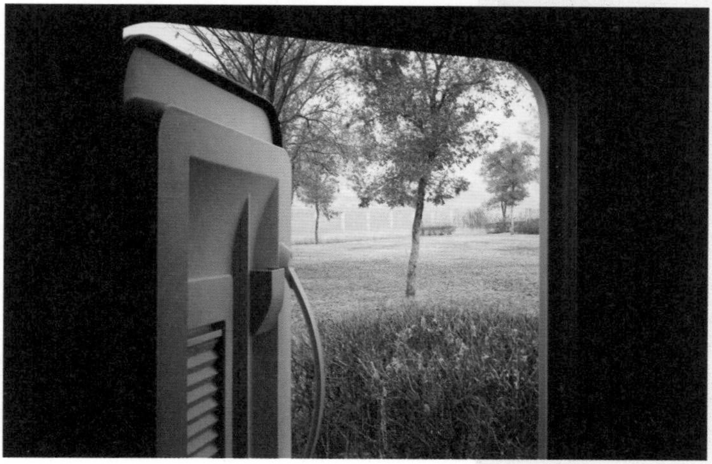

가을의 끝.

6장

겨울

서로의 체온을
느끼기에 좋은 집

뉴스 속 날씨가 아닌
우리 몸으로 느끼는 날씨

자연스럽게 산다는 것

밴에서 빗소리를 듣는다. 뭔가를 기름에 튀기는 소리 같기도 하고 끝없는 노크나 외침 같기도 하다. 눈을 기대했지만 생각보다 포근한 날씨 덕에 겨울비가 쏟아졌다. 뉴스에서는 서울에 공식적인 첫눈이 내렸다는데 놓쳤다. 우리의 첫눈은 아직 내리지 않았다.

밴 안의 작은 공간에서 허감독은 주방에 기대어 빗소리를 들었고, 나는 책을 읽었다. 그 어느 해보다 또렷하게 보낸 봄 여름 그리고 가을의 하루하루가 빗소리에 차분하게 가라앉았다. 계절은 창밖에서 빛깔을 바꿔가며 살며시 우리에게 속삭였다.

'모든 것에는 시기가 있어.'

평범한 집이 있었을 때를 돌아보았다. 움직이지 않는 집이 있었을 때, 계절의 흐름과 어깨를 나란히 하고 계절을 따라다니는 눈과 비, 더위와 추위를 자연스럽게 받아들인 적이 있었던가?

밴라이프를 시작한 뒤로 매일 날씨의 변화를 실감했다. 그러고 나니 당연한 것들이 비범해지고 특별해졌다. 당연한 것은 없었고 사소한 것도 없었다. 하늘, 바람, 비, 구름, 매일의 변화가 신기하게 다가왔고, 누구 하나 소중하지 않은 사람이 없어 자주 눈물지었다.

사정없이 비가 쏟아진다. 언젠가 그칠 비처럼 언젠가는 이 삶도, 이 밴라이프도 끝이라는 걸 알고 있다. 그 끝을 자연스럽게 받아들이며, 보이지 않는 다음을 향해 달려갈 용기를 내야겠다. '자연스럽다'는 것이 세상에서 가장 어려운 것임을 이전엔 미처 몰랐다.

자연스럽게 다가올 한겨울과 함박눈을 기다리기로 했다.
발바닥을 따끈하게 데우는 밴의 보일러에 안심하며.

폴라로이드 사진처럼

진짜 캠핑카에 살아요?

작년에 만난 미국 친구와 재회한 날이었다. 그와 허감독의 대화 한 토막.

"SNS로 소식 잘 보고 있어요! 근데 진짜 캠핑카에 살아요?"

"네!"

"와, 저도 그렇게 살고 싶어요! 캠핑카에 살면서 깨닫게 되는 것들이 정말 정말 많을 것 같아요!"

"맞아요. 그런데 지금은 다 깨닫지 못한 것 같아요. 폴라로이드 사진처럼 시간이 조금 흐른 후에야 점점 더 선명하게 드러나는 깨달음이 더 많을 것 같아요.

사실, 그런 기대로 매일을 지내요.

그런 기대로 매일을 채워요.

이제 4개월도 채 남지 않은 시간을 하루하루 세어가면서 다음을 준비해요.

지금까지의 밴라이프에서 제일 큰 깨달음은 '우린 어떻게 살고 싶은 걸까? 어떻게 살아야 할까?' 더 진지하게 물어야만 한다는 것과 우리가 끊임없이 그 질문을 스스로 하고 있다는 거예요. '고작 그거?'라고 말할 수도 있겠지만, 일상에서는 나에게 자주 묻지 않았던 질문을 우리는 거의 매일 하고 있어요."

일상과 환상 사이

서울의 두 얼굴

비슷하지만 달랐다. 제주에서 보낸 보름 동안은 일상다반사를 비롯한 모든 것이 환상 같았고, 서울에 돌아와 처음 맞는 월요일은 일상다반사부터 모든 것이 현실이었다.

촬영에 촬영이 더해지는 추가 스케줄의 연속이었다. 내 귀한 시간을 썰어 남에게 주는 것 같은 안타까움과 초조함이 엄습했다. 눈앞의 세상이 순식간에 쪼그라들었다. '해야 할 일'은 우리에게 그것만을 위해 살 것을 강요하고, 생각과 마음, 움직임의 반경을 제한한다. 하지만 안타까움과 동시에 찾아든 한 조각의 즐거움도 있었다. 다시 한번 마음 맞는 사람들과 새로운 것을 만들어낸다는 설렘에 가슴이 뛰었다. 쪼그라들던 세상이 기지개를 켰다. 감정이라는 것은 어떤 상황에서든 한 가지만 들고 일어서는 게 아니었다.

'일이 있음에 감사하면서 제대로 마무리하자. 그럼에도 서울의 분주함, 그 소용돌이에 빨려들지 말고 우리의 속도와 리듬을 잘 지켜나가자.'

다짐도 역시 한 가지만 하게 되는 건 아니었다.

내 시간을 썰어 남에게 주는 것 같은 날들이 있다.

그 소용돌이에 빨려들지 말고

우리의 속도와 리듬을 잘 지켜나가자.

너와 나에게 친절한 시간들

나는 왜 나에게 못되게 굴까

왜 나는 나 자신에게 친절하지 못할까. 왜 나는 나를 다그치고 미워할까.

의외로 많은 사람들이 자신에게 관대하지 못하다. 친절하지 못하다. 언제나 자신보다는 타인에게 더 친절했고, 타인을 위해 더 많은 시간을 들이며 애쓰고 노력했다. 스스로에게 잘한 점이나 잘못한 점을 친절하게 설명해주지 못하고 채찍만 들이대기 바빴다.

그런데 밴라이프를 시작하고 네번째 계절이 된 지금까지를 돌아보니 누구보다 나 자신에게 모질게 굴었던 내가 조금 달라져 있었다. 나 자신에게 친절해졌다. 마음 깊숙한 곳에서부터 울려오는 소리에 오래 귀기울이고, 뭔가 떠오르지 않아도 창밖에 오래 눈을 두며 나는 나를 기다려주었다.

좀더 오래 바라봐도 되고,
좀더 느리게 걸어도 되고,
좀더 깊이 있게 고민해도 돼.

밴라이프를 끝내고 나면 일생에 한 번쯤은 우리가 우리에게 참 친절한 시절이 있었다고 기억할 수 있을 것 같다. 적어도 단 한 번쯤은.

나는 무엇으로 사는가

가족에 대하여

한강 부근에 세운 밴 오른쪽 가까이에 오스트리아에서 온 밴라이프 가족이 있었다. (믿기지 않겠지만 진짜다.) 다정한 부부와 여섯 살 정도 돼 보이는 아들이 한강에서 밴라이프를 즐기고 있다. 여섯 살부터 세계를 여행하는 저 아이의 미래에, 지금도 마구 확장되고 있을 감각과 호기심에 괜히 내가 설렌다. 나란히 주차된 우리의 밴과 오스트리아 가족의 밴 너머로 한강은 군데군데 얼기 시작해 느리게 흐르고 있었다.

겨울이었다. 진짜 겨울이 온 것을 실감하고 세수를 하려는데 물이 나오지 않았다. 끝내 얼었나……?

겨울이었다. 물은 다행히 다시 나왔지만 펌프에서 이상한 소리가 나기 시작했다. 고장난 건가……?

겨울이었다. 무사히 이 겨울을 보낼 수 있을까, 스스로에게 묻는다. 잘할 수 있을까……?

겨울 안에서 낙낙했던 용기가 움츠러들었다.

무엇을 위해 일하고 무엇을 위해 사는지 곱씹어보았다. 늦은 밤, 그 '무엇' 중에 가장 큰 하나인 허감독을 흘깃 훔쳐보고 하루를 돌이켜보았다.

허감독의 어머님 생신이어서 서울 근교에서 가족들과 맛난 점심을 먹은 일요일이었다. 사랑하는 가족들이 모두 건강한 덕분에, 함께 둘러앉아 밥을 먹고 근황을 나누며 함께 웃고 울고 박수치고 토닥여주었다. 오후햇살이 내려앉아 끝없이 반짝이는 수면처럼 눈부시게 아름다운 하루였다. 무엇을 위해서 사는지 묻는다면 망설임 없이 대답할 수 있을 것 같은 하루.

누구에게나 인생을 살게 하는 '무엇'은 한두 가지가 아니다. 많은 이유들이 우리의 앞뒤 좌우에 둘러서서 희미해 보이는 다음, 또 그다음으로 넘어갈 수 있도록 밀어주고 당겨준다.

사라지지 않는다.

깜빡할 뿐이다.

가끔씩 잊을 뿐이다.

서비스 안 됨

지리산 캠핑장으로의 탈출

경상남도 함양 지리산 자락이었다. 해발 500m 산중턱의 캠핑장에는 나와 허감독, 둘뿐이었다.

10월이면 끝났어야 할 일이 12월까지 미뤄졌다. 12월 첫째주에 촬영과 볼일을 모두 마치고 도망치듯이 서울을 빠져나왔다.

"어디로든 멀리 떠나자."

그가 내 마음을 읽은 듯이 말했다. 좀더 따뜻한 남쪽으로 가고 싶었다. 신발장 위 스크래치 지도를 보고 한 번도 발 디뎌본 적 없는 땅, 함양을 골랐다. 세 시간 동안 산길을 오르고 둘러 시골길을 내달다가 다시 산길을 오르내리길 반복하며 도착한 산속의 캠핑장은 '첩첩산중'이란 말이 은유가 아니라 적확한 묘사임을 깨닫게 했다.

지리산 캠핑장.

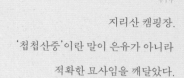

'첩첩산중'이란 말이 은유가 아니라

적확한 묘사임을 깨달았다.

불을 피우겠다고 허감독이 나섰다.

낭만을 피우겠다고 눈이 내렸다.

날이 어둑해지자 허감독은 바깥에서 불을 피웠고 나는 친구가 직접 끓여준 계피생강차를 데웠다. 따뜻한 남쪽으로 가리라 마음먹었건만 서울보다 훨씬 더 추웠다. 그래도 바닥난방에 몸이 따뜻하게 달궈지면 창문을 활짝 열어 맑고 신선한 공기를 깊게 들이마셨다. 코를 통해 들어온 공기가 목으로 폐로 꿀꺽꿀꺽 잘도 넘어갔다. 머릿속부터 발끝까지 맑아지는 것 같았다. 여덟 시간 동안 숙면을 마치고 일어난 듯 개운했다. 거기에 기지개까지 크게 켜면 다시 태어난 기분마저 들었다.

겨울의 밤은 다급하게 왔다. 우리를 감싸는 건 종잡을 수 없이 부는 바람과 장작 타는 소리뿐이었다. 바람결을 따라 휘청거리는 빨간 불길을 오래 응시했다. 도시에 머물며 쌓인 긴장을 서서히 풀어냈다. 코끝과 엉덩이가 시려왔다. 밴으로 들어갔다.

바깥은 말 그대로 칠흑 같은 어둠이었다. 밴과 우리가 검게 칠한 거대한 상자 속에 들어선 것 같았다. 저멀리 별들이 웅성거리는 소리까지 들리는 듯했고, 어디선가 다람쥐가 먹이를 찾아 땅을 뒤지고 있을 것만 같았다. 인위적인 빛들이 사라진 자리에는 상상이 날개를 펴고 활개치기 바빴다.

다음날 아침, 비가 오다가 눈이 섞여 내리다가 함박눈이 펑펑 쏟아지기 시작했다. 그토록 보고 싶었던 눈을 만나 신이 난 것도 잠시 "내일 어떻게 내려가지?" 돌연 망연자실해졌다. 전날 경사가 몹시

급한 길을 타고 올라왔었다. 밀려드는 걱정과 함께 휴대폰으로 테더링한 노트북의 인터넷 연결이 끊겼다. 휴대폰에 '서비스 안 됨' 문구가 떴다. 전화와 인터넷이 끊겼고 우리가 돌아갈 길도 서서히 끊겨가고 있었다.

"그래, 여기까지 왔으니 시간을 우리에게 다 쓰라고 하늘이 세상과의 연결을 다 끊어주나보다."

회색 맨투맨티에 트레이닝복 바지를 입은 허감독은 암자에 들어앉은 스님처럼 느긋하고 나지막한 목소리로 말했다. 그는 멀리 시선을 두고, 펑펑 내리는 눈과 추운 날씨에 운무가 피어오른 산을 그저 바라보았다.

잠깐의 고립, 단절로 인해 습관처럼 만지작거리던 휴대폰을 잠시 내려놓았던 하루. 그러나 달라질 것도, 큰일날 것도 없었고 걱정할 필요도 없었다. 그 시간들을 모아 온전히 써보니 하루가 길어졌다. 책을 읽고 글을 쓰며 보낸 하루 끝에 허감독은 다시 불을 피웠다. 없으면 안 될 듯했던 것이 사라졌는데 아무렇지도 않았다. 정말 아무 일도 생기지 않았다.

VANLIFE

이보다 더 좋은 여행은 없으니까

한파 속의 밴

연말까지 서울에 머물기로 했다. 틈만 나면 서울을 벗어나는 바람에 시간을 맞추지 못해 만나지 못한 사람들, 함께 살아가는 좋은 인연들을 연말까지 부지런히 만나기로 했다.

'그보다 더 좋은 여행은 없을 거야.'

그렇게 다짐한 날, 서울은 영하 12도였다. 지인들이 안부를 묻는 문자메시지와 전화 연락이 끊임없이 이어졌다. 이렇게 좋은 사람들과 우리는 기꺼이 연말을 여행하기로 했다.

하루는 허감독이 샤워를 하고 있는데 갑자기 물이 안 나왔다. 그의 머리는 샴푸 거품에 완전히 점령당한 상태였다. 그는 도리어

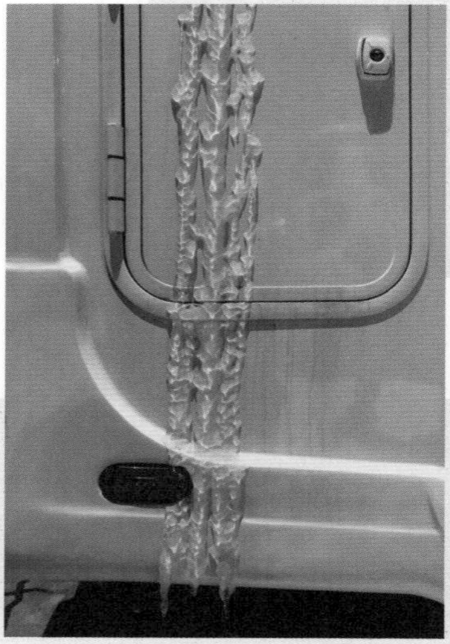
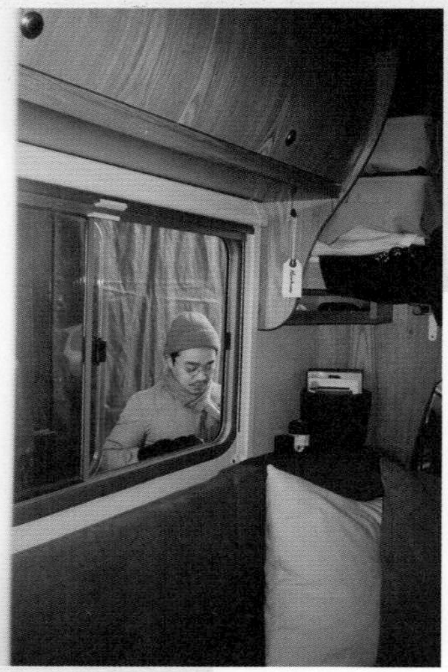

고드름 달린

겨울의 밴.

차분해졌다. 물 전원스위치를 끄고 소파를 들어 물펌프가 있는 곳을 살펴보았다. 온수를 내보내는 호스가 빠져 있었다. 바닥이 물로 흥건했다. 그는 공구를 꺼내 호스를 깔끔하게 연결하고는 다시 욕실 겸 화장실로 들어가 샤워를 마쳤다. 동파가 아니라서 천만다행이었다.

며칠 후 오래간만에 저녁약속이 없어서 밴에서 오롯이 하루를 보내고 잠들기 직전이었다. 화장실에서 따뜻한 물로 세수를 하는데, 발바닥에 물이 차오르는 게 느껴졌다. 왜지? 바닥을 보니 배수구에서 물이 샘솟고 있었다. 역류였다!

허감독이 불안한 얼굴로 밖으로 나갔다. 물이 빠져나가는 곳에 고드름이 대롱대롱 매달려 있었다. 기어이 일이 벌어졌다! 그런데 생각도 못한 곳이 얼었다. 물탱크가 아닌 배수구라니…… 방심은 금물이었다.

허감독이 한참을 밖에서 뚝딱거렸다. 밖은 영하 11도였다. 잠시 후 화장실 바닥의 물이 조금씩 빠져나갔다. 밴으로 돌아온 그의 얼굴이 터질 듯이 빨갰다.

VANLIFE

우리집에 눈 온다

지붕 열리는 집

눈이 왔다.

새벽 2시쯤 환기를 시키려고 선루프를 열었는데 눈이 쏟아졌다. 겨울에는 선루프가 스노우 루프가 된다.

눈이 집으로 들어왔다. 눈이 들어와 얼굴에 닿는 순간, 겨울이 왔다는 사실이 그렇게도 행복했다.

눈 오는 집, 밴.

한동안 집에서 가만히 눈을 맞고 있었다.

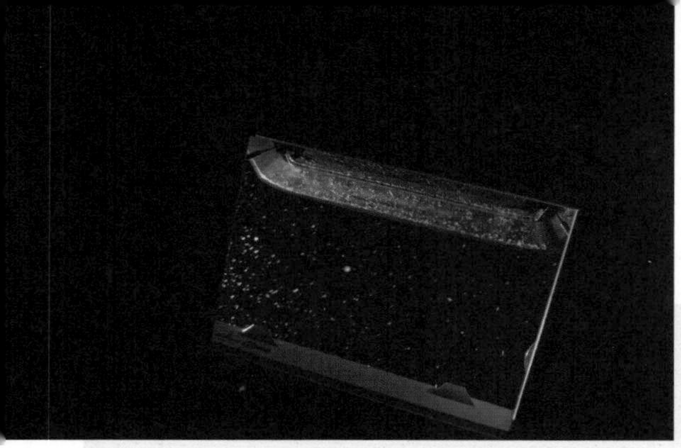

눈을 뜰 수 없을 만큼 밝고,

고개를 내밀어야 할 만큼

아름다웠던 제주 설국.

VANLIFE

여행하는 방법

사 느 라 까 먹 은 것 들

서울 홍대 옆 상수역에 있는 한 카페였다. 사람들이 붐비는 저녁 7시 무렵이었고, 우리 왼쪽 테이블의 주인이 네 번 정도 바뀌었다. 그중 퇴근 후 저녁을 먹고 커피 한잔을 하러 온 듯한 두 남자의 대화가 내 귀에까지 들어왔다.

카페라는 공간의 장점은 제법 가까운 거리인데도 옆 테이블의 대화가 웬만하면 귀에 잘 들어오지 않는다는 것이다. 주변보다는 내 맞은편에 앉은 사람에게 집중하기 때문인지도 모른다. 그런데 갑작스럽게 옆 테이블에서 날아온 영화 대사 같은 말이 내 가슴을 깊게 찔렀다.

"아, 여행하는 방법을 까먹었어."

분명히 그렇게 말했다. 여행하는 방법을 까먹었다고.

여행하는 방법이라는 게 원래 있었던가…… 아마 떠나기 위해 마음먹는 방법을 까먹은 것일지도 몰라…… 내 나름대로 해석하고 있는데 남자의 다음 대사가 이어졌다.

"여행, 어떻게 하는 거였지?"

남자는 그 말을 하고는 머리를 테이블에 박았다. 떠날 맘을 먹지 못하는 자기 자신에 대한 한탄이었을까, 아니면 떠나지 못하게 붙드는 일상을 향한 한숨이었을까.

타버린 군고구마 껍질처럼 가슴이 새까매졌다. 그냥 장난스레 툭 던졌을지도 모를 남자의 말이 가슴에서 떨어지지 않았다.

다시 찾은 제주

시작의 시작

검은 돌, 푸른 나무와 밭, 길거리에 무심히 피어 있는 노란 꽃, 황금빛 억새, 우리나라의 겨울이라고는 믿기지 않는 따뜻한, 아니 포근한 날씨. 돌아왔다, 제주에.

이 겨울을 제주에 사는 사람처럼 지내기로 했다. 낮술 한잔에 피자 한 조각을 먹고, 하루종일 작업을 했다. 우리의 작업, 지금까지 찍어놓은 영상을 정리하고, 사진을 고르고, 글을 썼다. 지난 시간과 계절이 담긴 기록을 훑어보며 오고갔던 길과 스쳤던 풍경, 먹었던 음식과 만났던 사람들을 떠올렸다. 시간은 잘도 쌓여 있었다.

겨울의 해는 야속하리만치 짧다. 저녁이 금방 찾아온다. 따뜻했

던 낮과 달리 밤바람은 차가웠다. 그럼에도 육지보다 훨씬 따뜻했다. (제주 사람들은 바다 너머 땅을 '육지'라고 불렀다.) 밤새 거센 바닷바람에 흔들리는 밴에서 잘도 잤다. 사실 잠들기 전까지만 해도 바다 바로 앞에 밴을 세우는 게 조금 무서웠다. 우리가 잠든 사이 파도가 덮쳐와 우리집을 쓸어가면 어쩌지. 그런 걱정에도 바다 바로 앞에 밴을, 집을 두는 낭만을 포기하고 싶지 않았다.

아침에 일어나 운전석 커튼을 걷으니 봉긋 솟은 비양도가 보였다. 늦은 저녁 해변에 도착해서 어둠 속에 주차했는데, 날이 밝고 보니 비양도를 정중앙에 제대로 두고 있었다. 파랗고 투명한 바다 위의 비양도는 집 몇 채와 푸른 나무, 갈색 대지가 선명하게 드러나 동화 속의 섬처럼 보였다.

제주에 도착한 날부터 보일러를 틀지 않고 밤을 보냈다. 그런데 세수를 하려고 보일러 전원을 눌렀는데 작은 모니터에 'error' 메시지가 떴다. 몇 번을 시도했지만 똑같았다. 밴 공장에 전화를 걸어 자초지종을 설명했다. 과열이었다. 화장실 옆 수납함을 열어 보일러를 살펴보니 호스에 누수 흔적도 있었다. 부동액(장치들이 과열되어 망가지는 것을 방지해주는 물질)이 흘렀다. 허감독이 직접 수리할 수 없었다. 빠르게 포기했다.

제주도는 따뜻하니 우선 보일러 없이, 따뜻한 물 없이 지내고 육지로 나가면 공장에 들러 고치기로 했다. 그때까지는 찬물로 세수하고 동네 목욕탕에서 샤워하고 밤에는 히터를 틀어 내부를 따뜻하

제주의 아침,

우리 눈앞에 동화처럼 솟아난 비양도.

게 달군 다음, 히터를 끄고 잠들면 된다. 별일 아니다.

보일러가 고장났는데, 우리는 마침 따뜻한 제주도에 있었다.

집을 업고 이사 다니길 참 잘했다.

겨울의 제주가 주는 선물

제주의 파지

진눈깨비가 날린다. 제주의 동쪽에서 게스트하우스를 하는 친구 커플과 점심을 먹었다.

시내에서 사십 분 정도 동쪽 해안을 따라 달리면 제주시 구좌읍에 속한 '세화'라는 동네가 있다. 구좌는 당근으로 유명하다. 점심 약속 장소는 당근밭에 둘러싸여 있었다. 수확을 마친 밭도 있었고, 한창 수확중인 밭도 있었다.

친구의 말에 따르면 이맘때쯤에는 '파지'라는 것이 있다고 한다. 수확을 했는데 버려야 하는 과실들, 너무 작거나 흠이 났거나 모양이 제멋대로인 것들, 즉 상품 가치가 없어 팔지 못하는 것들을 일컫는데, 파지는 누구나 마음껏 주워다 먹으면 된다고 했다. 아니, 저기 굴러다니는 당근들이 다 공짜라고? "정말? 정말로?" 눈을 동그랗게 뜨고 물어봤다.

식당 바로 옆의 밭은 수확을 마쳐 검은색 토양이 드러나 있었는데, 그 위로 드문드문 뽑힌 당근들이 누워 있었다. 저것들을 모두 주워다 먹어도 된다는 것이다. 어차피 버릴 터이니 나누는 것이라 했다.

귤도 마찬가지라고 한다. 심지어 파지는 아예 나무에서 따지 않는 경우도 있는데, 귤밭에 가서 주인에게 파지를 가져가도 되냐고 먼저 물어보면 가위와 장갑, 소쿠리까지 건네주는 경우도 있다고 했다.

제주는 따뜻했다. 몸도 인심도.

아름다운 고립

제주의 대설주의보

제주에 폭설이 내리고 있었다. 길은 얼기 시작했다. 좀처럼 눈이 드문 제주에서 진풍경을 볼 수 있겠다며 신이 난 나와는 달리, 허감독은 이동하기 힘들 것을 홀로 염려하고 있었다. 눈을 보면 일단 좋아하는 어린아이와 교통 걱정, 눈 치울 걱정에 마음이 무거워지는 어른이 한 차를 타고 이동한다.

제주 시내에서 며칠을 머물다 동쪽, 평대로 달려가기로 한 날 아침의 일이었다. 아침에 재난경보 문자가 왔다. 제주에 대설주의보가 내렸다. 허감독은 아주 천천히 운전했다. 도로 위에 늘어선 차 모두가 거북이걸음을 했다.

검은 돌담에 차곡차곡 쌓이는 눈은 아름다웠다. 평대에 도착해

제주에서 가장 많이 받은 문자.

대설주의보, 도로 통제, 빙판길 주의.

밴과 우리는 꼼짝없이 설국에 갇혔다.

눈밭에 풀어놓은 강아지처럼

우리는 마구 뛰어다녔다.

신나서 꼬리가 안 보일 정도로 흔드는 강아지처럼 눈 속을 마구 뛰었다. 그리고 이틀 동안 우리는 동쪽에 꼼짝없이 갇혔다. 그 덕분에 제주에 사는 가족 같은 친구들과 더없이 즐거운 시간을 보냈다.

VANLIFE

서울에서 마라도까지

짜장면 시키신 분

마라도에 다녀왔다. 마라도행 여객선을 타러 가는 길은 밴에 살면서 본 풍경 중에 손꼽힐 만큼 아름다웠다. 우선 봉긋하게 솟은 산방산을 사뿐하게 지났다. 산방산은 옛날에 어떤 사냥꾼이 한라산에서 사슴을 잡으려고 활을 쏘았는데, 활 끝이 옥황상제 엉덩이를 건드리는 바람에 격노한 옥황상제가 한라산 봉우리를 뽑아서 서쪽으로 던져 만들어진 산이라는 전설이 내려온다. 한라산 봉우리를 뽑아버린 자국은 백록담이 되었다고 한다.

이 전설적인 산을 지나고 나면 용머리해안이 보인다. 용의 머리가 바다로 들어가는 모양으로, 층층이 쌓인 화산재가 굳어진 응회암으로 이루어진 해변이다. 이어 형제섬이 등장한다. 이 섬은 크고 작은 두 개의 섬이 나란히 떠 있는 무인도이다. 서로 우애 좋은 형과 동생처럼 마주보고 있어서 '형제섬'이라는 이름이 붙었다고 한다. 제주의 산과 바다, 섬은 저마다 이야기를 품고 있었다.

마라도로 가는 여객표를 끊고 송악산 옆의 선착장에서 출발시간이 되길 기다렸다. 마라도에 들어가는 사람들이 이렇게나 많을 줄 몰랐다. 승선하고 얼마 후 가파도를 지나 마라도에 도착했다. 삼십 분 정도 걸렸는데 다행히도 멀미 기운이 올라오려는 찰나에 마라도 땅에 발을 디뎠다.

마라도 초입에는 재밌게도 중국집들이 많았다. 그중 친구가 추천해준 곳에 들어가 짜장면과 짬뽕을 시켰다. 짜장면에 톳을 올려주었는데, 의외의 조화가 꽤 좋았다. 한 광고에서 중국집 배달부가 마라도까지 간난신고를 뚫고 와서 "짜장면 시키신 분!"을 외쳐 세간의 화제가 된 이후, 마라도의 대표메뉴는 짜장면이 되었다. 대한민국 최남단 마라도에 와서 벅찬 마음으로 중식을 먹는 것이 좀 희한한 문화다 싶기도 했지만, 뭐 어떠랴. 결국 언제 어디서든 작거나 큰 의미를 가지면 살아남는 것이다. 사람들은 자기도 모르게 의미를 찾아 여행한다. 우리도 그렇다.

저멀리 보이는 구름 아래 자리한 한라산을 바라보며 허감독과 나는 밴에 사는 의미를 되새겼다.

결국 사람들은

의미를 찾아 여행한다.

우리도 그렇다.

7장

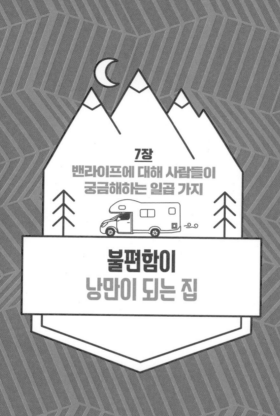

밴라이프에 대해 사람들이 궁금해하는 일곱 가지

불편함이 낭만이 되는 집

"얼마예요?"

옵션은 많다

사람들은 그것을 가장 궁금해했다. 궁금하다기보다는 가장 걱정되는 문제일지도 모르겠다.

"얼마예요?"

결론부터 말하면 캠핑카의 가격은 천차만별이다. 옵션에 따라 4천만 원대부터 1억이 넘어가는 것도 있다. 11인승 이상 승합차를 캠핑카로 개조하는 방법도 있는데, 이렇게 개조하는 데는 1천만 원~2천만 원 정도 든다.

캠핑카의 사양이 저마다 다르기 때문에 어떤 여행과 생활방식을, 즉 어떤 내부구조를 원하는지에 따라 캠핑카를 주문 제작할 수도 있고 일반차량을 개조하거나 혹은 이미 완전하게 세팅된 캠핑카를 바로 살 수도 있다. 시중에서 중고 캠핑카를 구할 수도 있고, 우리의 경우처럼 일정 기간 동안 빌려서 밴라이프를 즐길 수도 있다. 밴의 가격은 원하는 상황과 조건에 따라 선택하기 나름이다.

하지만 내심 얼마인지, 얼마가 있어야 이렇게 밴에서 살 수 있는지보다는 '어떻게 시작하게 되었어요?' 그 계기를 먼저 궁금해해주길 바랐다. 왜냐하면 우리도 생각보다 비싼 밴의 가격에 고민하다가 어떻게든 살아보겠다는 결심으로 길을 찾게 되었기 때문이다.

캠핑카는 옵션에 따라
천차만별이다.

만약 정말로 밴에서 살아보고 싶다면 '왜' 살고 싶은지가 마음먹기 전의 첫 질문이 되었으면 좋겠다. 그리고 그 '왜'가 뚜렷하다면, 자신의 상황에 맞는 밴라이프를 구성하고 계획하면 된다. 정말 간절히 원하는지 여러 번 묻고, 상상이나 꿈으로만 그리던 그 삶을 현실적으로 만들어갈 준비를 하면 된다.

가장 많이 들었던 질문 중에 하나인 "얼마예요?" 가장 중요하고 당연한 질문이지만, 1년의 밴라이프를 선택한 이유, 우리의 깊은 고민을 더 궁금해하길 바랐기에 조금은 서운해지던 질문이기도 하다. 앞으로 어떻게 살지를 고민하며 용기 낸 밴라이프였기 때문이다.

"불편하지 않아요?"

우 리 가 잊 어 버 린 아 날 로 그 의 온 기

밴라이프는 엄청난 크기의 낭만을 가지고 있지만 그만큼의 불편함 역시 가지고 있다. 그러기에 사계절 동안 밴에서 살아내기 위해서는 꼼꼼한 준비와 함께 각오와 '힘'이 필요하다.

밴라이프를 하면 불편할 것으로 예상되는 것들의 목록을 정리해 보았다. 사실상 보기보다 전혀 불편하지 않은 것들도 있었고, 조금 불편하지만 그다지 처리가 어렵지 않은 것들도 있었다. 상하수도와 전기 등의 도시설비가 없는 밴에서 이 '불편함'들을 아날로그식으로 처리해내는 일은 밴라이프의 묘미 중 하나다.

물탱크에 물 채우기

주로 셀프 세차장에서 해결한다. 남들은 세차장에서 코인을 넣고 세차를 하지만 우리는 물탱크를 채운다. 100리터의 물탱크에 물을 채우면 한 번 샤워할 때마다 20리터가 좀 안 되게 쓴다. 적어도 일주일에 두 번은 물을 채워야 한다.

전기

시동을 걸어두는 동안에는 자유롭게 전기를 쓸 수 있다. 주차중에는 캠핑장이나 다른 집 전원에 연결해 전기를 충전해야 한다. 최근 캠핑카를 위한 전원 설비가 갖춰진 캠핑장들이 곳곳에 많아서 크게 불편하진 않았다. 밴에 태양열 패널도 있긴 하지만, 다분히 보조적인 역할을 할 뿐이다.

와이파이

우리는 단순히 여행만 다닌 것이 아니라 밴에서 일하고 생활하는 디지털노마드로 살았기 때문에 인터넷 문제는 꽤 중요했다. 처음엔 이동식 와이파이인 에그egg를 구입해서 썼다. 하지만 휴대폰 테더링보다 속도가 오히려 느린 편이었다. 그래서 간단한 인터넷은 휴대폰 테더링으로 연결해 쓰고, 업무상 큰 용량의 영상파일 등을 편집해 보내야 할 때는 와이파이 사냥을 다녔다. 주로 그때그때 근처에 있는 카페를 이용했다. 우리나라, IT강국 대한민국은 디지털노마드로 살기에 매우 적합했다.

밴에 물 주기.

화장실

변기 아래에 설치된 통이 가득차면 꺼내서 공용 화장실 변기에 비운다. 직접 비워야 하니 요강과 비슷한 셈이다. 다만 요강처럼 방에 냄새를 풍기지는 않는다. 우리는 화장실에 식물을 키웠는데, 온갖 식물들이 무럭무럭 잘도 자랐다.

20kg이 넘는 배낭도 거뜬히 메는 나이기에 한번은 늘 홀로 변기통을 비우던 허감독 대신 그 통을 들어 옮기려는 시도를 해봤다. 먹고 비운 그것들이 그렇게나 무거울 줄 몰랐다. 보통 열흘에 한 번씩은 비워야 한다. 추우나 더우나.

화장실에서 쓰는 휴지는 변기 옆 작은 휴지통에 모아서 일반쓰레기로 따로 구분해 버려야 한다.

이렇게 귀여운 '똥통'. 화장실 비우기도 별로 어렵지 않다.

내가 먹고 싼 것들을 열흘에 한 번씩 확인한다는 것이 물론 썩 유쾌한 일은 아니지만, 또 그렇다고 못 견디게 역겨운 일도 아니었다. 금세 설거지만큼 자연스러워졌다. 우리 조상들은 똥오줌을 삭혀 밭에 뿌리며 먹을거리를 길러내기도 하셨는데, 열흘에 한 번 좀 무겁고 커다란 요강을 비우는 일쯤이야.

빨래

옷은 벙커 양옆에 구비한 수납함에 들어갈 정도만 가지고 있어야 한다. 2주 동안 모아둔 빨래는 셀프 빨래방에 가서 한다. 한 시간에 걸쳐 건조까지 마치기 때문에 빨래 후 널고 말려야 하는 번거로움은 오히려 없다. 하지만 부피를 줄여 수납함에 넣어야 하기 때문에 구김이 덜 가게 잘 접은 후 돌돌돌 말아둔다. 따라서 빨래 시작부터 빨래방에서 나와 수납함에 넣기까지 약 두 시간 정도가 소요된다.

빨래를 하러 어딘가로 이동해야 한다는 것, 일단 세탁기가 빨래를 시작하면 그곳에 매여 있어야 한다는 것, 이 두 가지는 분명 불편한 일이지만, 요즘은 빨래방들이 손님을 위한 이런저런 설비를 잘해둔 곳이 많아 시간이 후딱 간다. 우리는 와이파이가 잘 터지는 빨래방에서 노트북으로 일을 하거나, 해방촌 '런드리 프로젝트'처럼 아예 카페와 세탁소가 결합된 곳에서 커피를 마시며, 각자 휴식을 취하기도 했다. 이사한 지역에서 빨래방을 찾는 것이 꽤나 익숙해졌고 재밌었다.

빨래방에서 건조까지 마친 후 돌돌 말아 수납한다.

빨래방은 우리에게 도시 속 작업실이기도 했다.

냉장고

밴 공간이 제한적이라서 한꺼번에 장을 보고 쟁여놓을 수 없다. 그때그때 필요한 생활용품과 식료품을 사야 한다.

냉장고는 가로 두 뼘 반, 세로 세 뼘 정도 되는 작은 용량이라서, 오래 두고 먹을 수 있는 반찬 몇 가지만 넣어둔다. 냉동실은 두 손을 겹친 크기만하기 때문에 냉동식품은 보관해두기 힘들다.

더위

여름에 더위라도 먹지 않을까 걱정하는 이들이 많았는데, 의외로 전혀 덥지 않았다. 선루프를 활짝 열고 환풍기를 돌리면 바깥바람이 빠른 속도로 생활공간을 가득 채웠다. 한여름에 바깥바람이 뜨거울 때는 운전석과 생활공간을 구분하는 커튼을 걷고 차량의 에어컨을 켰다. 금세 한기가 들어 켰다 껐다를 반복했다.

잠들기 전에는 에어컨을 껐다. 그 대신 벙커 양옆으로 난 작은 창문을 활짝 열고 주방 쪽 환풍기를 돌렸다. 그러면 환풍기가 밤바람을 끌어들여 열대야 속에서도 시원하게 잠들 수 있었다.

추위

밴을 비울 때에는 지속적으로 난방을 하기가 어렵다. 밴을 비웠다가 돌아오면 보일러는 꺼져 있었다. 시동을 끈 뒤 전기를 연결하지 않아 전력이 약해지면 보일러도 꺼진다. 바깥에서 돌아와 밴에 들어서면 차가운 바닥을 가로질러 차에 얼른 시동을 걸어 전력을 높이고, 바닥 보일러와 내부 히터 전원을 켰다. 바닥난방이 되고 운전석뿐만 아니라 생활공간에서도 히터가 나오기 때문에 추위로 고생을 하진 않았다. 하지만 보일러를 켜고 온기가 돌기까지 십 분 정도는 발을 동동 구르며 기다려야 한다.

외투를 벗지 않고 잠깐 기다리면 이내 찜질방 같은 온도로 바닥이 끓어올랐다. 지글지글 끓어댔다. 공기도 훈훈해졌다. 티셔츠 한 장에 트레이닝 바지만 입고 겨울을 보냈다. 가끔은 창문을 열고 일부러 시원한 바람을 쐴 정도로 뜨끈했다. 벙커 침실에는 온수매트가 깔려 있어 이불을 걷어차며 잘 수 있었다. 영하 12도의 날씨에도.

좁은 공간

밴 내부의 생활공간은 나는 고등학교 3학년 때, 허감독은 20대 초반에 살았던 고시원 정도 되는 사이즈이다. 시간이 흐르면서 각자의 자리가 생겼고, 서로의 동선에 맞게 움직였다.

물론 결코 충분히 넓고 편하지는 않다. 밴 안에서 스트레칭을 하려면 한 명은 소파에 앉아 있어야 하고, 화장실에 가려면 거실의 테이블을 당겨줘야 한다. 옷을 갈아입을 땐 테이블을 한쪽으로 밀어놓고 한 명은 주방 쪽으로 피해줘야 한다. 벙커 침실을 청소하려면 몇십 분 동안 허리를 구부린 채로 움직여야 한다.

줄을 서서 들어와야 한다. 줄을 서서 나서야 한다. 신발을 다 신을 때까지 기다려야 하고, 다 벗을 때까지 기다려야 한다. 기다리고 기다려주기. 밴에 사는 건, 그런 과정들 사이에 숨겨진 낭만을 끊임

신발을 다 신을 때까지 기다려야 하고,

다 벗을 때까지 기다려야 한다.

기다리고 기다려주기.

밴에 사는 건, 그런 과정들 사이에

숨겨진 낭만을 끊임없이 찾아가는 것이다.

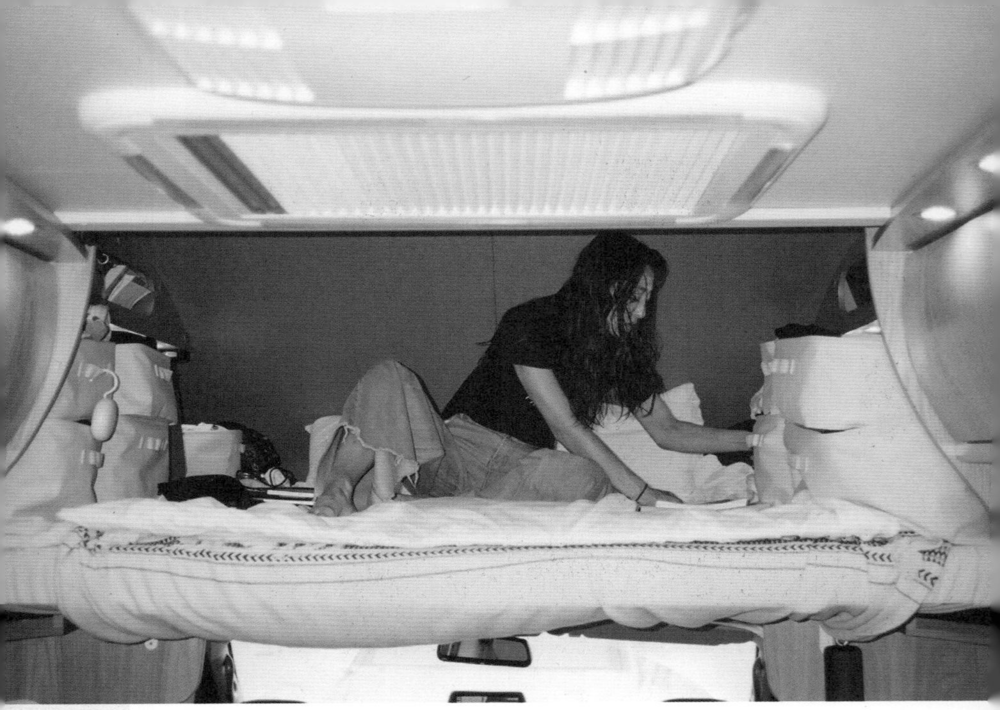

마르지 않은 머리에서 등으로 떨어지는 물방울에 익숙해졌다.

허리를 숙이고 이불을 정리하는 것에 익숙해졌다.

좁은 공간에서 서로의 동선이 엉키지 않게 하는 데 익숙해졌다.

불편함조차 낭만이 되었던 우리의 밴라이프.

없이 찾아가는 것이다.

이 밖에도 밴라이프에는 많은 불편함들이 있다. 하지만 삶과 여행에는 원래 불편한 것들이 존재하기 마련이다. 심지어 요즘엔 그 불편함을 특별한 경험으로 여기고 일부러 찾아다니는 사람들이 늘어나고 있다. 디지털 시대에 아날로그적인 것들을 갈구하는 현상도 어쩌면 이런 사소한 불편을 경험과 낭만으로 치환하는 현대인들의 결핍과 취향을 반영한 것은 아닐까. 사진이 나오기까지 기다려야 하는 불편함을 감수하고 필름카메라를 찾는다. 음악을 듣기 위해 직접 판을 닦고 올려놓고 바늘을 움직여야 하는 불편함을 감수하고 레코드를 찾는다. 사람들은 그러한 불편한 과정이 주는 낭만을, 그 불편함을 하나씩 겪는 데서 오는 온기를 느끼고 싶은 건 아닐까.

불편함 자체가 낭만이다. 낭만을 얻기 위해 거쳐야만 하는 과정이다.

우리가 이런 불편함들과 마저 나열하지 못한 수많은 불편함들을 즐길 수 있었던 것은, 집을 등에 업고 사는 거북이였기 때문이다. 어디로든 움직이면 여행이 되었고, 바다와 숲, 억새밭이 마당이 되었고, 어디서든 살아볼 수 있는 기회와 살 수 있는 용기를 얻었다. 우리가 선택해서 조금 더 움직이면 낭만을 현실로 만들 수 있는 삶이었다. 앞으로도 우리는 일반적인 삶의 기준에서 바라볼 때는 조금 불편한 삶을 살아갈 것 같다.

"어디야?"

언제나 여행중인 우리들의 첫인사

밴에 사는 동안 평소보다 지인들에게 전화와 문자메시지를 자주 받았다. 우리가 느닷없이 일을 벌일 때마다 늘 걱정을 앞세우던 양가 부모님들은 집을 없애고 캠핑카에서 살겠다는 우리의 계획을 들으시고는 놀랍게도 걱정보다 격려를 먼저 해주셨다. 하지만 사람은 쉽게 변하지 않는다. 수시로 우리에게 전화를 걸어 잘 지내는지, 불편한 것은 없는지 끊임없이 물으셨다. 단, 안부전화 첫마디는 금세 변했다. "밥 먹었어?"에서 "어디야?"로. 지인들의 첫인사도 마찬가지였다. "뭐해?" "잘 지내니?"에서 "어디야?"로 바뀌었다.

그 인사가 좋았다. 그냥 밥 먹고 사는 것, 뭘 하며 사는 것이 아니라 우리가 매일 여행중이라는 사실이 가족과 지인들의 첫인사로 인해 더더욱 실감났다.

"어디야?"

그 말은 우리가 가까이 있다면 보고 싶다는 말이었다. 비가 많이 오거나 눈이 많이 올 때면 걱정된다는 말이었다. 우리의 안부가 궁금하고 걱정된다는 말이었다.

"어디야?"

우리 동네 오면 꼭 연락해!

"어디야?"

비 많이 오니까 높은 지대로 가서 자!

"어디야?"

눈 많이 와서 길이 얼었으니까 운전 조심해!

길 위의 집에서 받은 전화와 문자의 첫마디로 우리는 그들이 건네는 사랑을 훨씬 더 크게 느낄 수 있었다.

“은퇴하면 나도 여행 다니면서 사는 게 꿈인데 말야?”

새파랗게 젊은 나이에 이룬 아버지의 꿈

안성에서 갓 출고된 밴을 받고 서울로 출발하자마자 들른 주유소에서 이 말을 들었다.

“와, 나도 이렇게 여행 다니면서 살면 참 좋을 텐데 말야.”

그때는 그 말이 기분좋았다.

우리가 뭔가 앞서나가는 삶을 사는 듯했고, 남들이 나중에야 이룰 꿈에 빨리 도달한 것처럼 느껴졌다. 하지만 밴에 살면서 그 말이 차곡차곡 쌓이고 나니 어깨가 무거웠고, 가슴이 쓰려왔다.

목적지를 향해 달리다 피곤해서 휴게소 주차장에 멈춰 잠을 청하고 나면 다음날 바깥에서 들리는 목소리 또는 밴 여기저기를 두드려보는 소리에 잠을 깨곤 했다. 인근에서 신기한 마음에 밴을 구경하러 온 분들이었다.

“나도 은퇴하면 이런 거 하나 사갖고 여행 다니면서 먹고 자고 해야지, 얼마나 좋아!”

그럴 때마다 우리는 몇 분간 더 침대에 가만히 누워 그들의 이야기를 엿들었다.

여름, 양양에 다녀오던 날이었다. 내린천 휴게소는 평일인데도 사람이 많았다. 버스 주차장에 밴을 안전하게 세우고 휴게소 건물로 걸어갔다. 그때 휴게소를 빠져나가려던 택시 안에서 우리 아빠 연배 정도로 보이는 기사님이 큰 소리로 외쳤다.

“은퇴하면 나도 그렇게 여행 다니면서 사는 게 꿈인데 말야. 멋진 캠핑카 한 대 딱 사가지고 전국을 떠돌면서 맛있는 것도 먹고 산도 가고 바다도 가고…… 참 좋겠네! 젊은 사람들이.”

어떤 말을 해야 할지 몰라 조금 멋쩍은 표정으로 꾸벅 고개 숙여 인사드리고 발걸음을 재촉했다. 택시기사님이 내리쬐는 햇살만큼이나 환한 웃음으로 우리에게 마지막 인사를 건넸다.

“열심히 다니세요!”

오랫동안 아빠 같은 기사님의 말씀이 귓가에 맴돌았다.

이런 날이 많았다. 이런 말을 많이 들었다.

“은퇴하면……”

그 말을 한 꺼풀 벗겨보면 ‘내 꿈은 그대들처럼 전국을 여행 다니는 거예요. 지금은 가족들을 위해 살아야 하니까, 돈을 벌어야 하니까, 아직 몸이 따라줄 때 열심히 일하고, 좀 넉넉해지면 나중에…… 나중에 꼭 그런 캠핑카 하나 사서 전국을 여행 다닐 거예요!' 라는 뜻이었다. 그 말을 짧게 줄이면 결국 '나중에'였다.

'나중에 꼭 하게 될 일이라면 지금 시도해도 되지 않을까? 꼭 여유가 생긴 다음에 해야만 하는 걸까?'라는 물음이 머리를 스쳐갈 때도 있었다. 그렇지만 사람들에게 함부로 그 물음을 던질 순 없었다. 말하지 않아도 느껴지는 삶의 무게, 우리나라의 아빠들이 짊어지고 있는 책임의 무게, 사랑하는 가족을 위해 스스로 짊어진 무게, 지나온 시간을 자신들이 할 수 있는 최선으로 버텨온 그 무게를 알 수 있었기 때문이었다. 우리에게 보내는 따스한 시선의 이면에 그들만의 고단함이 느껴져 어떤 위로도 어떤 응원도 감히 할 수 없었다.

새파랗게 젊은 사람들이 자신의 꿈을 먼저 살고 있는 모습에 "열심히 다니세요!"라고 응원해준 세상의 아버지들을 나는 길 위에서 만났다. 그들의 응원은 무겁고 뜨거웠다. 죄송하고 감사해서 우리는 종종 눈물지었다.

"일 안 하고 여행하니까 좋겠다!"

노는 것처럼 보이겠지만 열일하는 중입니다

밴에 산다고 하면 특별한 직업 없이 여행하면서 놀기만 할 거라는 생각이 드나보다. 하지만 우리 일상의 70%는 일이었다. 하고 싶은 일을 하기 위해 해야만 하는 일이 있는데, 대부분의 사람들은 유유히 떠다니는 수면 위의 백조만 보고, 그러기 위해 열심히 발버둥치고 있는 수면 아래는 보지 못한다.

노트북 하나만으로도 언제 어디서든 일할 수 있는 디지털노마드가 되기 위해 부단히 훈련하고 노력했다. 보통 하나의 영상을 제작하려면 많은 전문 인력이 필요하지만 우리는 촬영도, 조명도, 코디도, 메이크업도, 편집도 모두 직접 해왔다. 물론 프로젝트에 따라서는 많은 스태프들과 함께할 때도 있지만 그래봐야 100번 중에 한

꿈을 등에 지고 살았기 때문에,

오히려 더 나태해질 수 없었다.

갖고 싶은 삶이 너무 가까이 있었기에.

번 꼴이었다.

그런 훈련 덕분에 베를린에서 촬영한 뮤직비디오를 양양에서 편집하고, 양평에서 촬영한 뮤직비디오를 경주에서 편집하고, 강원도에서 촬영한 광고를 완도에서 편집할 수 있었다. 기절할 듯한 아름다운 풍경에 열광하다가도 이내 그 앞에서 묵묵히 노트북을 꺼내 일할 수 있게 되었다. 그렇게 여행과 삶과 일의 경계를 허물었다.

자신 있게 말할 수 있다. 1년의 밴라이프 기간은 그 어느 때보다 열심히, 많이 일한 한 해였다. 한꺼번에 스케줄이 겹친 촬영도 마다하지 않았다. 시간과 뇌를 잘 쪼개 우리가 결정한 일을 잘해내려 했다. 꿈을 등에 지고 살았기 때문에, 오히려 더 나태해질 수 없었다. 갖고 싶은 삶이 너무 가까이 있었다. 그것을 유지하기 위한 일이 있음에 감사했고, 그래서 열을 올려 일했다.

"진짜 욜로네!"

단 한 번 내 인생

한동안 욜로YOLO, You Only Live Once라는 말이 유행했다. 지금 이 순간의 내 삶은 지금이 아니면 안 되므로, 꿈을 연기하지 않겠다는 결심만 놓고 보자면 우리는 분명 욜로족이었다. 하지만 '어차피 한 번 사는 인생, 아등바등 살 게 뭐람, 일단 오늘만은 모든 것을 다 잊고 즐기겠어!'라는 태도는 우리가 추구하는 삶이 아니었다. 여행과 생활과 일의 균형을 잘 이루는 삶을 살고 싶었다. 지금을 위해 다음을 끌어다 쓰고, 오늘의 즐거움을 위해 기약 없는 내일을 끌어다 쓰는 하루살이 인생은 원하는 바가 아니었다. 오늘이 내일의 징검다리가 되고, 서로 도움이 되어주는 하루, 이틀, 한 달, 일 년을 살고 싶어 그 어느 해보다 많이 일했고, 많은 여유를 만들었다.

그 어느 해보다 많이 일했고,

많은 여유를 만들었던 밴라이프.

“이다음엔 어떻게 살 거예요?”

어쩌면 평범한 삶

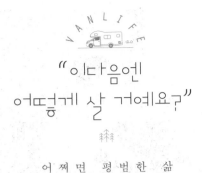

남과 달라지기 위해서 일부러 애쓰진 않았다. 결혼식을 하지 않은 것은 결혼식을 ‘왜’ 해야 하는지 서로에게 여러 번 깊게 물었고, 우리에게는 결혼식이 필요하지 않다는 결론에 이르렀기 때문이었다. 다소 특이하고 극단적인 선택을 이어온 우리 커플에게 어떤 이들은 호기심과 기대감을 품고 묻는다.

“이다음엔 어떻게 살 계획이에요?”

밴라이프가 끝난 후 어떤 모습의 삶을 이어갈지 우리도 궁금하다. 계절의 흐름과 함께 우리의 다음 삶을 고민하며 나눈 많은 질문과 대화가 있다. 언제나 결론은 ‘아직 찾아가는 중’이다.

어쩌면 그냥 평범한 보통의 모습이 되지 않을까 싶다. 다만 우리가 원하는 길에 올라 다양한 경험을 하며 우리가 원하는 삶을 찾아갈 것이다. 억지로 유별나고 자극적인 모습으로 살려 하진 않을 것이다.

여전히 우리는 스스로에게 질문하며 열심히 고민하는 중이다.

EPILOGUE

우리집 액자에 걸린 낯설고 새로운 풍경들

수시로 바뀌는 공간, 이웃, 마당, 뷰…… 새로운 것들이 주는 낭만이 있다.

그러면서도 처음 누군가를 만나 서로를 내보이고, 새로운 곳에 익숙해지기 위해 모색의 단계를 거쳐야 하는 반복된 과정이 어려울 때도 있었다. 처음부터 각오 아니 기대했던 일이었음에도 그랬다.

사람이든 장소든 관계를 시작할 때마다 오랜 시간 동안 더듬고 되묻는다. 첫 만남 이전에 많이 망설이고, 만남 속에서도 많이 앓았다. '혹시나 상처가 되진 않을까?' '가까이 다가가도 불편해하지 않을까?' '정말 나에게 필요한 물건 혹은 사람인가?' '오랫동안 머물 수 있을까?' 등 같은 질문을 미련하리만큼 반복했다.

그러나 여행 앞에서만은 정반대였다. '여행'이라는 단어만 떠올려도 가슴이 뛰고, 당장에라도 떠날 준비를 할 수 있었다. 공간이 바뀌고, 이웃이 바뀌고, 마당이 바뀌고, 매일의 풍경이 바뀌는 새로움으로 그득한 밴라이프는 시작부터 가슴이 부풀고 매일이 설렜다. 밴라이프가 아니었다면, 나는 여전히 새로움 앞에 '고심'과 '신중'이라는 단어를 앞세워 소심한 나의 가슴을 옹호하려 들었을 것이다.

밴라이프에서는 모든 것이 새롭고 모든 것이 낯설었다. 그래서 자주 이사 다니면서 매번 바뀌는 관계와 장소에 겁없이 뛰어들었다. 그럴 수밖에 없었고, 그래야만 했으며, 그게 너무 좋았다. 살아오면서 한 겹씩 덮어썼던 정체 모를 두려움과 소심함은 밴라이프, 그 여행과 삶의 경계가 모호해진 1년 동안 조금씩 사그라들고 있었다. 그리고 어느 순간부터는 밴라이프로 얽히는 관계가 아니더라도 매사에 내가 먼저 상대에게 한발 다가가고 있다는 것을 느꼈다. 누군가가 궁금해졌고, 그 사람이 바라보는 세상을 듣고 보고 느끼고 싶어졌다. 이해하고 싶고 이해받고 싶었다.

집과의 관계를 끊고 밴과 새로운 관계를 맺는 용기를 내고 나니 어느새 세상 속에서 만나는 온갖 새로움에 가슴을 활짝 열고 있는 우리 자신을 발견하게 되었다. 변화에 익숙해진 것이다. 변화에 몸을 뒤로 숨겼던 시간은 사라졌다. 몸이 새로움과 정면으로 마주하게 되었다. 이젠 새로움에 목이 마르다. 물론 군대에 다녀와 몰라보게 부지런해진 남자가 한 달도 채 되지 않아 원래 생활 패턴대로 돌아가듯 일종의 회귀 현상이 생길 수도 있겠지만, 우선 지금은 이 새로움에 대한 갈증을 품고 다음의 삶을 그리는 중이다.

함부로 용기를 낼 수 있게 되었다.
낯선 공간과 사물, 사실, 사람이 두렵지 않다.
두려움은 사라지고, 그 자리에 호기심이 자리잡았다.
무엇이든 궁금해하고 이해하고 싶어 안달하는 아이들처럼 말이다.

'왜'를 문장 앞마다 붙여가며 자유자재로 흐르는 생각, 취향, 바람들을 적었다. '왜'보다는 '그냥'을 붙여가며 설명되지 않는 감정과 생각에 많은 시간을 할애했던 예전과 달리, 생각의 앞머리에 '왜'를 사뿐하게 올리는 습관이 생겼다. 밴에 두려는 물건 하나를 사는 데에도 쓸모와 이유가 중요했기 때문이다. 다음으로 향하는 목적지에도 '왜'가 중요했기 때문이다. 그 '왜'들이 모여 밴은 우리만의 이야기로 채워졌다. 그 '왜'들이 모여 우리 다음을, 우리의 삶을 채울 것이다.

더 많이 알고 싶다. 나와 그, 우리 자신과 이 넓고도 좁은 세상과 아름다운 사람들에 대해. 더 많이 이해하고 싶다. 우선 우리부터.

1년 동안의 우리나라 밴라이프는 우리 인생의, 우리 여행의 프롤로그에 불과했다. 우리의 첫번째 밴라이프가 끝나가는 지금에야 어떻게 여행하면 좋을지, 어떻게 살아가야 할지 아주 조금 알게 된 것 같다. 틈날 때마다 우리나라를, 우리 자신을 더 많이 돌볼 것을 다짐해본다.

겨울 제주도로 밴을 끌고 내려갔던 어느 날, 문득 이런 문장이 떠올랐다.

여행은 삶이었다. 삶이 여행이었다. 굳이 선 긋고 싶지 않았던 '여행과 삶'은 실제로도 크게 다르지 않았다. 자신을 여행하고 자신을 사는 것이었다.

끊임없이 나 자신이 누구인지 찾아가고 되묻는 것, 그게 삶의 목적이자 사는 방법이고 여행의 목적이자 여행법이다.

요즘은 우리 커플이 서로에게 끊임없이 달아두었던 물음표를 우리가 만나는 사람들에게 돌릴 때가 많다. 느닷없이 왜냐고 묻고 싶을 때가 많다. 당신은 누구인지 당신은 왜 지금 그 집에서 살아가고 있는지 어떻게 살고 싶은지 하염없이 이야기 나누고 싶다. 특히, 이 책을 끝까지 읽어준 당신과 함께.

여행하는 집, 밴라이프

집 없이 캠핑카에서 살기

1판 1쇄 2018년 3월 15일
1판 2쇄 2018년 5월 29일

지은이 김모아·허남훈
펴낸이 염현숙

기획·책임편집 이연실 | 편집 고아라
디자인 이효진 | 마케팅 정민호 박보람 나해진 우상욱
홍보 김희숙 김상만 이천희
제작 강신은 김동욱 임현식 | 제작처 한영문화사

펴낸곳 (주)문학동네
출판등록 1993년 10월 22일 제406-2003-000045호
임프린트 아우름
주소 10881 경기도 파주시 회동길 210
전자우편 editor@munhak.com | 대표전화 031)955-8888 | 팩스 031)955-8855
문의전화 031)955-8895(마케팅) 031)955-2651(편집)
문학동네카페 http://cafe.naver.com/mhdn | 트위터 @munhakdongne
북클럽문학동네 http://bookclubmunhak.com

ISBN 978-89-546-5059-5 03810

* 아우름은 문학동네 출판그룹의 임프린트입니다.

* 이 도서의 국립중앙도서관 출판예정도서목록(CIP)은 서지정보유통지원시스템 홈페이지(http://seoji.nl.go.kr)와 국가자료공동목록시스템(http://www.nl.go.kr/kolisnet)에서 이용하실 수 있습니다.
(CIP제어번호: CIP2018006781)

www.munhak.com